恋するこころ、旅するこころ

遠藤

ラグーナ出版

目次

「上村松園展」を見て

先日、名古屋市立美術館まで「上村松園展」を見に行ってきた。松園はご存知の方ももちろん多いと思うが、日本画家であり、また女流の美人画家である。彼女は女性の目からみた女性の美しさを描く。それは男性の画家の描く女性の美しさとは一線を画す、精神性の高い女性の美しさである。

私と松園の出会いは約八年前にさかのぼる。たまたま本屋で開いた雑誌に、松園の絵と人生を紹介する記事があった。そのときの私はたまたま病院に入院中であった。落ち込んでいた私にとって、松園の描く美人画の凛とした雰囲気は大きな励ましとなった。松園の描く女性像は、男性への媚《こび》というものがなく、それが未婚の女性だけでなく、花嫁や既婚女性を描いたものであっても、女性の精神的な自立を見事に掴んでいると思えた。私は、そのとき松園が描く女性たちに憧れたのだと思う。むろん、松園の描く女性には、その自立性の高さだけではなく、女性としての細やかさ、やさしさも見事に描かれていると思うのだが。

今回の松園展のことは、中日新聞の宣伝欄で知った。そこには、奈良ホテル所蔵の「花嫁」という作品がポスターとして掲載されていた。画題の通り、この絵には紋付の黒振袖に身を包み、金襴《きんらん》の帯を締め、高島田に薄紅色の角隠しを被った花嫁の姿が描かれている。しかし、その隣に、花婿の姿は見えない。これから、花婿の前に姿を現さんとしている、その直前の姿だろうか。この花嫁の姿には、単に華やぎというよりも、これから新しい人生へ歩みだそうとする決意、その清々としたこころが描かれているように思う。これから彼女を見るであろう花婿は、そんな彼女の姿に敬意を抱かざるを得ないのではないだろうか。女性の精神的な強さ、美しさへの敬意というものを、私は松園の絵から感じるのである。

松園の展覧会を見るのは今回で二回目である。初めは、三年前の京都、平安神宮すぐ手前の、国立近代美術館であった。そのときの私は、松園の代表作「序の舞」に最も深くこころを打たれた。階段を上がったところに現れた「序の舞」は、扇を持つ手をすっと前に伸ばし、まさに今から舞を舞おうとしている女性の凛とした美しさを描いていた。先の「花嫁」といい、松園の描く女性は、いまこれからという時に向かう女性の精神的高邁《こうまい》さをたたえていると思う。私は、この「序の舞」を何度も何度も見たのを覚えている。三年前、私はすべての展示作品の中で、この「序の舞」が最も好きであった。

しかし、絵というものは不思議なものだ。見るたびに、好きな作品は少しずつ変化していく。私は、今回の展覧会では、若い女性のいまこれからに向かうときの美しさだけでなく、既婚女性の落ち着いた美しさにもひかれたのである。中でも、私が最も強くひかれたのは、「青眉」という、眉をそり落とした既婚女性を描いた一作である。この絵の中の女性は、振袖のような華やかな着物ではなく、黒襟の黄八丈を身にまとい、濃い鶯色《うぐいすいろ》の唐傘をさし、何かをやさしく見守っているように見える。視線の先にいるのは誰であろうか。息子であろうか、娘であろうか。私は、女性を好んで描いた松園の姿勢から、この女性は娘を見守っているのだと思いたい。おそらく、松園の描く未婚女性のように凛とした表情の娘を。いまこれから何かを始めんとしている娘を見守っている母親。私はこの「青眉」に母のやさしさ、強さを見た。私は、この絵の中心は、この母のまなざしの先、画面の外に描かれている、おそらく娘の姿にあると思う。すると、この絵はまるで松園自身の姿を描いたようにも思えてくる。精神性の高い女性の美しさを生み出す目、それはあくまで、強さを伴った、落ち着いたやさしさのなかにある。もちろん、私は松園が一生結婚することのなかった、未婚の母であったことは知っているし、松園の子は息子であったことも知っている。しかし、「青眉」は、それとは無縁に、女性を温かく強く見つめる松園の視線の卓越さを感じさせる作品であった。

二〇一三年六月

ジンバブエの「ムビラ」

遠い音に耳を澄ますというが、反対に遠い音楽が今ここにやってきたとでも形容すべき経験がある。今年の夏至の日、浜松市の楽器博物館で行われた、ジンバブエの「ムビラ」という楽器のコンサートは、まさにそれだった。

「ムビラ」という楽器は、アフリカ中にあふれている「親指ピアノ」という楽器の一種だそうである。楽器博物館館長の簡単な説明によると、日本ではむしろ、「カリンバ」という名で普及しているものだという。十数年前ぐらいか、「カリンバ」は日本のエスニック雑貨店にアフリカ雑貨の一つとしてお目見えし、一般に知られるようになった。しかし、「カリンバ」という名前は、アフリカ中にあふれる「親指ピアノ」の、ある地域における呼び名に過ぎず、同様の構造の楽器はアフリカの各地で、違う名前で呼ばれているのだそうである。「ムビラ」とは、その「親指ピアノ」のジンバブエにおける呼び名である。

では、「カリンバ」「親指ピアノ」こと「ムビラ」とは、いったいどんな楽器なのであろうか。私は、今回のコンサートで改めて、この楽器を見たのであるが、確かにそれは、昔、エスニック雑貨店で見たことのあるものであった。「ムビラ」のつくりはこうなっている。平たく打たれた少しずつ長さの違う金属の細い棒が、平たい板に打ち付けられている。その平たく細い金属の棒を、親指ではじいて演奏するのだ。さらに、インターネットで調べてみたところ、この「親指ピアノ」一族の楽器はピアノと名がつくが、ピアノとは構造が根本的に異なり、むしろ、オルゴールの原型になったものだという。平たい金属の棒をパチンパチンとはじく感じ、そんな形容が近いだろうか。

こう述べると、この楽器の音は流麗で静かなもの、まさに遠い音に耳を澄ますといった態度で聴くもののように思えるが、実際のコンサートは私の想像とは全く趣を異にするものだった。実際の「ムビラ」は、大きな洗面器のような反響板ならぬ反響椀のなかで演奏される。はじかれた「ムビラ」の音は、この反響板ならぬ反響椀のなかで万華鏡のように複雑に反響する。ポロンポロンというより、ウォロンウォロン。多重奏のふくよかな音だ。厚みがありなかなかと力強い。

そして、さらにこの「ムビラ」を力強く印象づけるものは、伴奏のマラカスと「ムビラ」奏者の歌だ。この日、楽器博物館は、二人のジンバブエ人の「ムビラ」奏者を迎えていた。二人は親子、特に父親の「ムビラ」奏者は、「ムビラ」を伝承する長い家系の中でも不世出の音楽家と紹介され、その歌声は楽器博物館内、天空ホールに響き渡った。強い声。陽気な声。この歌は紹介によると物語をもち、祖先や精霊や神に語りかけるものであるという。例えば、部族のことわざ、同じアフリカの大地に生きる動物たちとのかかわり、祖先との会話など、どれも素朴なものだ。ジンバブエの言葉の意味は分からないが、そんな謡《うたい》がこの夜、歌われたのだった。

素朴な内容の歌というと、ゆったりした古典的なメロディを想像するかもしれない。しかし、私はこの父親の「ムビラ」奏者の歌を聴きつつ、なぜかこれが非常に現代的な音楽に聴こえるのに驚いた。二曲、三曲とこのマラカス伴奏つきの「ムビラ」の音と歌を聴くうちに、私は今、アフリカの音楽を聴いているのではなく、アメリカのロックでも聴いているような気分になった。歌は息を継ぐ間もないほど激しい。歌い手の額はみるみる汗まみれになる。力のこもった歌。そして、これはあくまで私たちと同時代の歌なのである。アメリカのロックのように。そして、現代の商業音楽にまったく引けをとらないものなのである。

しかし、この感想は、考えてみれば当たり前なのかもしれない。アメリカの音楽自体が、アフリカン・アメリカンの音楽文化を取り入れて発展してきたのだから。そして、音楽を聴く私の耳は、いつの間にかロックだけでなく、この歌に「コーヒールンバ」のメロディを重ねるようになった。ロックにもルンバにも聴こえる歌。そういえば、ルンバもキューバで生まれた黒人音楽であった。アフリカの音楽は、実は、現代の音楽世界を席巻しているのだと私は思った。

アフリカの音楽は優れて現代的である。しかし、一方で、このアフリカの音楽には現代の西欧社会が失ってしまったさまざまな特徴が残されている。それは、楽器演奏者とシンガー、ダンサー、そしておそらくアクターの区別もないところである。そして、この音楽家はまた、部族の智慧を伝承する語り部の役割も担っているであろう。アフリカの記憶。彼らはそれを全身全霊で表現している。

実際、父親の奏者のダンスも素晴らしいものであった。コンサートが進むと、彼は息子の奏者に「ムビラ」の演奏を任せ、自らマラカスを持って踊り始めた。大きく足を振り上げ、全身を激しく揺する踊り。彼が足を上げるたび、身にまとった右半分が黒、左半分が白に染め分けられたマントの下から、赤い幾何学模様の衣装が現れる。祖先や精霊に祈るとき、彼らはこのような、なんとも民族的、かつ現代的でスタイリッシュな衣装を身にまとうのであろうか。足を上げるたびに見える赤い服。それが、非常に速いテンポで見えたり消えたりする。

また、足を上げるたび、父親の奏者は頭の上にマラカスを振り上げる。マラカスの速いビート。ジャンジャン、ジャンジャンといつまでも続く音。同時に響く「ムビラ」の音。それに合わせた手足の素早い動き。彼の踊りは、音楽と一体となって、この天空ホールの空気を変えていった。観客もいつの間にか、手拍子をしている。体をリズムに合わせ、わくわくと揺する人も出てきた。

そして、最後の一曲になったとき、息子の奏者が言った。

「みなさん、最後の一曲、一緒に踊りませんか。さあ立って」

観客は皆立ち上がった。

彼が、舞台でステップの踏み方を教えてくれる。後は、フロアの皆で踊るのみだ。私も踊りも歌も下手ながら、両手を打ち合わせ、ステップを踏んでみる。

「ワン、ツー、スリー、フォー。ワン、ツー、スリー、フォー」

「ワン、ツー、スリー、フォー」

「ワン、ツー、スリー、フォー。ワン、ツー、スリー、フォー」

速いビートに遅れ遅れついていきながらでも、なんとも楽しい。アフリカの音楽は開放的だ。初めは、楽器の演奏を聴きにこのホールに来た私が、いつの間にか歌につられて踊っている。音楽とダンスの区別はここにきて、観客である私たちのなかでも溶解してしまった。踊りは続く。「ムビラ」、そしてマラカスの音色に沿って。結局、私たちは終演まで踊り続けたのであった。

この開放的な楽しさこそ、本来アフリカの持っていた民族の智慧、記憶なのではないだろうか。生きていくことの楽しさ。それを支える素朴な民族の智慧。現代のアフリカが、政治的にも経済的にもしばしば厳しい状況におかれていることも確かである。しかし、この夜のコンサートは、そんな中でも、陽気に力強く生きるアフリカ人のたくましさを感じさせるものであった。

いったい、私たちにとってアフリカとはどんな地域だろうか。私にとってそれは、端的に言って、あまりに遠いところである。そして、多くの日本人にとってもアフリカとは非常に遠くにある国ではなかろうか。そんなアフリカの声に耳を傾けるには、遠い音に耳を澄ませるような感受性が必要なのではないかと、私は長く考えていた。しかし、このコンサートを聴いて、そしてこのコンサートに参加して、私は、それは間違っていたと思う。この日、音楽は遠くから今ここにやってきた。遠いアフリカから、音楽は今まさにここにやってきたのだ。アフリカは、確かに地理的には遠い異郷かもしれない。しかし、私たちは、確実に同時代に生きている。アフリカの記憶は、力強い音楽とともに、力強いダンスとともに、私たちのもとにやってきた。同じ時空を共有することは、何よりも強い。遠い音に耳を澄ませる感受性も時には必要であろう。しかし、私は、今日、ともに歌うこと、ともに踊ること、そして何より、ともにあることの大切さを知った。今日、音楽は遠くから今ここにやってきた。私のもとにやってきたのであった。そして、この邂逅《かいこう》を通して、アフリカも私にとって今や、血肉こころある、隣人になったと思うのである。

「ビバ・アフリカ」

この夏至の日、そんな言葉が思わず口をついた。

二〇一三年七月

父の思い出

先日、仕事の合間の空いた時間に、上司と雑談をした。この上司は、ご自分の結婚について、「私は人生最大の賭けに勝ったのです」と言い切る、大変な愛妻家である。上司が言うには、奥さんとの結婚記念日がちょうどクリスマスであるとのこと。そのため、結婚にあたって、毎年ポインセチアの花束を、その花言葉「あなたの幸せを祈ります」とともに、贈り続けることを約束したのだという。素敵なご夫妻だと私は思う。

それでも、この上司にしても贈り物のこととなると悩むらしい。花屋に男性一人で行くのは、やはり少し恥ずかしいらしい。大好きな旦那さんからの贈り物なら、奥さんはなんだってきっとうれしいはずなのに。私は思わず、花屋の店先で迷う上司を想像し、こころのなかで微笑んだ。

家族や恋人、または親しい人からの贈り物とは、確かに何でもうれしいものだ。しかし、上司から、このポインセチアの贈り物の話を聞いて、私はふと考えた。私にとって最もうれしい贈り物とは何であったか。初めに、私は思った。それは、絵本だろうか。私は今、ベルギーの絵本作家、ガブリエル・バンサンの『小天使ブリュッセルをゆく…』という絵本を買おうかどうか迷っている。しかし、そう思ったとき、同時に私ははたと気が付いた。私が贈られて最もうれしいもの、それは絵本ではない。むしろ、本一般である。そして、この贈り物を私に与えたのは、亡くなった父一人であったことを思い出した。

母の話によると、私は小さいころから、本屋の前に来ると、絵本がほしくて立ち止まってしまう子どもであったらしい。デパートに買い物に行くのに、服選びには興味がなく、その前に本を与えておくのが、買い物時の慣例であったらしい。確かに、初めて買ってもらった絵本、金魚の種類を紹介する絵本であったが、私もその絵をうっすらと覚えている。しかし、母からそういったエピソードを聞かされても、本といえば思い出すのは父である。子どものころ、寝る前に本の読み聞かせを行ってくれたのは、いつも父であった。『完訳アンデルセン童話集』の文庫本。絵本ではない。大人向けの、子ども向けに簡略したものではないそれだった。「人魚姫」に「野の白鳥」、それに「小さいイーダの花」。後年、自分でも読んだが、薄暗い中、父の読み聞かせを通して、私は、「人魚姫」のヤグルマソウの青の海を楽しみ、「野の白鳥」の妹姫の秘めたる勇気に打たれ、「小さいイーダの花」ではかない花の命のきらめきと喜びも知った。思い出せば、それは至福の時間である。

そして、それから少し成長したころであろうか。おそらく、小学校の一、二年のころであると思う。父は私に『光は悲しみをこえて　キュリー夫人』という本を買い与えた。エンジニアであった父は、女性であっても科学的知識、科学的態度に関心を持ってほしいとの思いがあったのであろうか。今思えば、父の思いの伝わってくる贈り物である。しかし、私には科学の素養がなかった。キュリー夫人、ポーランドに生まれた、マーリヤ・スクロドフスカの反ロシア、ポーランド語への愛、独立への熱い思い、そして、留学先のパリでの熱心な研究生活には、確かにこころ打たれるものがあった。しかし、肝心のキュリー夫人の研究内容、ノーベル賞に値したラジウムの発見の科学的意味、そして放射能の問題など、私にはどうしても理解できなかったことを覚えている。父だとて、キュリー夫人ほどの私を期待していたわけではもちろんないだろうが、科学的素養という点では、全く期待外れの私であった。

キュリー夫人の伝記は空振りであったけれども、その後も父は私に本の贈り物を続けた。それも、小学校の二、三年生のころのことと思う。父が突然、私にアメリカのローラ・インガルス・ワイルダーの『大草原の小さな家』を買ってきた。もちろん、短縮のない全訳バージョンである。私の本棚に収まったその分厚くて美しい本は、その時の私には難しすぎた。しばらく、その本は私の本棚に眠っていたのだが、後年、もう、小学校の五、六年生にはなっていただろうか、私は自発的にその本を手にとって読み始めた。ワイルダーの『大草原の小さな家』は、アメリカ西部、フロンティアの開拓者一家の物語である。家族四人で土地の開拓を行い、丸太で家を建て、食事を作り、たまにインディオとの交流もある。そんな、物語の中で、特にこころに残るのは、ローラが姉のメアリーとインディオのキャンプ跡を訪ねるくだりだ。子どもらしい好奇心は、インディオの残していったビーズの珠に向かう。そのビーズを拾った姉妹は、それを家に持ち帰り手作りのネックレスを作る。当時の私は、そんな手作業の文化に子どもごころをときめかせた覚えがある。父も、アメリカの開拓者の時代のように、自分の手で生活を作り上げることの大切さを伝えたかったのだろうか。今となっては、聞くすべもないけれど、私は、その後、この開拓者一家の物語に取りつかれた。『大草原の小さな家』を読み終えた私は、『大きな森の小さな家』『プラム・クリークの土手で』『シルバー・レイクの岸辺で』と、ローラの一家の物語を読み続けたのであった。この読書体験は、わが小学校時代の珠玉の思い出である。しかし、この読書体験が父に導かれ、育まれたものであることを私は長い間忘れることになる。

私と父の関係は、どこの家でもそうかもしれないが、葛藤に満ちたものでもあった。私は、本当に科学的素養に欠け、小学校時代から算数が弱かった。算数のテストの成績が八十点を下ると、家に帰るのが本当に苦痛であった。帰ると百点になるまで、父にしごかれ、問題を解き続けなければいけなかったからだ。父との関係がぎくしゃくし始めたのはこのころからだろうか。

結局のところ、私は長じてから、大学はやはり文学部に進んだ。心理学専攻であったが、卒業論文のテーマに「詩の理解の心理的過程」を選ぶほどの文学肌。実学、実社会に関心が持てず、そのまま研究を深めたい思いが募り、大学院に入学した。好きで進んだ大学院。しかし、そこも業績を競う厳しい世界であった。長年の苦闘ののち、私は研究生活をあきらめ、故郷に帰ることになった。その過程で、いつまでも成果を出せない私と、父の間に、いくつもの葛藤が生まれたのは確かである。あのころは、父は私を理解してくれないと、思い込んでいた。

しかし、父が逝って八年。この苦闘の大学院生時代の終わりに、私は、父との間に一つ、こころ温まるエピソードがあることを思い出した。それは、私の方から父へ本を贈ったというエピソードである。

そのころ、父は長年勤めていた日本の会社を辞め、台湾の会社で働く決意をしたころであった。台湾の会社で雇われ、中国の現地工場の工場長として赴くという話であった。そのころの父は、中国語を学ぶ傍ら、中国の故事に関する小説など熱心に読んでいた。そんな父に、私は、アメリカのフィリップ・A・キューンという人の書いた『中国近世の霊魂泥棒』という一冊の歴史書を贈ったのである。この本は、私が大学院生時代、ある歴史学の先生が参考書として使っていた一冊だった。私の書棚に眠っていた、純然たる中国史の歴史書であった。

この歴史書は、清朝最盛期、乾隆帝《けんりゅうてい》時代に起こった、ある流言飛語に基づく事件をテーマとしている。清の最盛期、辮髪《べんぱつ》を切り落とされると魂を抜かれるという流言飛語が起こった。いわゆる霊魂泥棒である。民衆はその霊魂泥棒を恐れた。そのため、魂を抜かれないように、自発的に辮髪を切り落とすという動きが庶民の間に広がった。根拠のない流言飛語に基づく事件。事件の概要はただそれだけのものである。しかし、当時の権力者、乾隆帝は、この霊魂泥棒の取り締まりに乗り出した。何故か。それは、民衆の多くを占める漢民族が辮髪を切り落とすという行為が、ともすると、もともと辮髪を文化とした満州族、また、その満州族の起こした清王朝への抵抗運動とも受け取れるからであった。乾隆帝は、辮髪を切り落とすということがはらむ可能性のある政治的意味に過敏だったのである。そして、この歴史書は、私たちに、その王朝の最盛期に、すでに後の崩壊の予兆があったことを示すのだった。

私は、生意気にも、滔々《とうとう》とこの本の内容を父に語ったことを思い出す。長い大学での学習の成果を誇るかのように。しかし、そんな私の大見得をよそに、父はこの本の贈り物を快く受け取ってくれた。

「噂で物事が大きく動くようなこともあるのだよ」

無口な父は、私の下手な解説に、ぽつりとそれだけ答えた。しかし、この本は大事に父の本棚にしまわれていったのだった。今思えば、私の贈り物を父が快く受け取ってくれたと感じたのはこの時ぐらいではないかと思う。その贈り物が本であったということを思い出すと、私と父とのつながりは、本を贈り合うということに最も強く凝縮されていたように思うのだ。

そして、この本を贈った後、間もなく父は中国へと旅立った。その二年後、不幸なことに、父は現地で感染症に罹患。帰国して十一日後に逝くという悲しい結果に終わった。しかし、外国で思う存分働いた経験は、父にとって喜びであり、また誇りであったと思う。

上司の花束のエピソードから、最もうれしい贈り物とは何かについて考えてみた。思い起こせば、私にとってそれは本。その本の贈り合いが成立していた唯一の人は、父であった。むろん、父はその他の面でも、すべてにわたって私を支え続けてくれた。しかし、その中でも、私と父との関係において、最も私たちらしい関係を感ずるのは、この本を贈り合ったという思い出である。

だから、ふと父のことを思い出すたび、私は愛読家でありたいと思うのだ。

二〇一四年一月

恋するこころ、旅するこころ

恋に駆け出したくなるように、旅に駆け出したくなるような季節がある。春だ。春になると、私は一年前のベルギー旅行の輝きをどうしても思い出すのである。

ベルギーに旅立つ前の私はというと、近場のアジアへの旅は繰り返すものの、それは単調な日常生活からの逃避という色彩が強かった。実を言うと、私は、十年来、こころの病の一患者として生きてきた。大学院生だった私は、十年ほど前、論文の行き詰まりから、精神の不調をきたしてしまったのであった。病を病んで、必然と、私の日常は狭くなった。単調となった。こころの病による入院、療養の過程を経て、ベルギーに旅立つまでの私は、ビジネスホテルの一ハウスキーパーとして五年ほど働いてきた。清掃の仕事はたんたんとしたものである。しかし、どんな単調な仕事であれ、それを五年は続けると私は決めた。清掃の仕事の社会的地位は低い。初め、この仕事は私にとって満足のいくものではなかった。しかし、どんな仕事であってもバカにせず、勤めると決めた五年間、その五年間は重かった。そして、これはいつしか私のミッションとなっていた。

ただ、一生この仕事を続けようとは思わなかったのも事実だ。五年たったら、五年たったら自分の人生を一度見直してみたい。そう思って、私は自分に一年間の休暇を与えることとした。この休暇の初めに私は思い切って、ベルギーへと旅したのであった。子どものころに本で見た、「猫祭り」というお祭りを見る、ベルギー周遊の観光旅行であった。旅立つまでの私は、この旅が、今まで気晴らしに繰り返してきた日常生活からの逃避の旅と同じく、ありきたりの消費の旅となるぐらいにしか思っていなかった。

しかし、この五年のミッションを終え、この旅行に参加した私にとって、思いがけず、これは再生の旅となったのである。私は、この旅で自分のものの見方や感じ方がいつしか変化してきたことを知った。何より、この旅は、私にとって生命への畏敬の念に気づく旅となり、そしてより広い世界へ私を導き出す旅となったのであった。

事実、五月のある日。私には、彼は少し気が強そうと感じられた添乗員さんに連れられて、私たちは、ベルギーへと旅立った。

旅のはじめ、私たちはブリュッセルからアントワープに向かった。そして、アントワープの聖母大聖堂で、ルーベンスによる「聖母被昇天」を見た。

このアントワープの「聖母被昇天」はなんとも美しかった。この絵は、聖母の死の場面を描く絵であるが、決して暗くはなく、むしろ明るく輝くような色調の絵である。やわらかい筆致で、それだけで美しいが、ガイドさんによるこの絵の説明を聞いて、私は何よりこの絵が好きになった。

「キリスト教徒の考え方によると、生きるということは人間の義務であり、死はその義務を果たし終えたときということになります。それなので、死は悲しいものではありません。むしろ、喜ばしいものです。ですから、この絵の聖母様の死の場面は暗くはなく、明るい色調で描かれるのです」

ガイドさんは、一般にこの絵の思想的背景を説明しただけであると思う。しかし、私は、この「生きることは義務ですから」という言葉にひどく動かされた。それは、発病後の私の生を意味づけてきた何かをうまく言い当てているように思えた。この絵を通して、病後の生という一見暗いものが、明るく輝いて見えた。私の実感である。

さらにガイドさんは説明を続けた。

「この絵は、ルーベンスの奥さんが亡くなって間もなくの時期に描かれたものです。そして、ルーベンスはこの絵の中に奥さんの顔を描いています。聖母様の死の支度をする三人の女性が描かれていますが、その真ん中の人、赤い服を着た女性がそれだと言われています。そして、この絵は、この女性の顔が中心となっていて、聖母様の顔が中心となってはいません。そのため、この絵はルーベンスの絵の中では駄作といわれています」

駄作であろうとなんであろうといい。私は、ルーベンスほどの画家にも妻の姿を記憶したいという弱さがあったことを知り、ますますこの絵が好きになった。

生きること、死ぬこと、それぞれの意味がこの絵の中には詰まっている。私は、この絵の中に、ルーベンスの生命への畏敬の念を感じたのであった。そして、ひいてはこの感情は私自身の生活感情の中に、いつのまにか根を下ろしていたものであったのだと思う。

このあと、私たちの旅は、ブリュージュ、ゲントを巡り、「猫祭り」の行われるイーペルという田舎町に向かった。イーペルは小さな町だが、街を囲むように美しい公園があり、お祭りを控え、にぎわいに満ちていた。

イーペルという町は、今は穏やかな田舎町であるが、第一次世界大戦の激戦地で、世界で初めて化学兵器による攻撃をうけた街の一つであるという。また、第二次世界大戦において、初めて原子力爆弾による攻撃を受けた日本の広島市の姉妹都市であるという。この街は、このような悲惨な歴史を持つ街だ。しかし、この街はその歴史上、また異なる顔も持っている。それは、かつてこの街は、ペストを運ぶものとして猫を虐殺したこと。また、ヨーロッパで魔女狩りが行われていたころ、多くの罪なき人々を魔女として虐殺した歴史である。「猫祭り」は、第一次世界大戦ののちに始まった、ヨーロッパにおいては比較的新しいお祭りである。それは、廃墟からの復興を祈るお祭りでもあり、また、第一次世界大戦の戦没者と、罪なく殺された猫と魔女とみなされた人々を慰霊するお祭りでもある。

しかし、現在は、多くの市民が猫に仮装してパレードをしたり、猫型をはじめとするさまざまな山車《だし》がパレードしたりする陽気なお祭りである。また、パレードが終わると、町の中心の繊維会館から黒猫の人形を投げる。この黒猫をキャッチした人は幸せになれるという。そして、猫投げが終わると、おもむろに、かつての魔女裁判を再現した野外劇が始まるのである。私は、何故、この楽しいお祭り、または慰霊祭において、このような残酷な魔女裁判を再現する劇が行われるのか疑問に思った。慰霊祭で行われるこの残酷な劇は何か。

イーペルの街は、第一次世界大戦における災禍と、猫や魔女とみなされた人々を虐殺したという、二つの悲劇を体験している。この悲しみを記憶するためには、ここで第一次世界大戦のエピソードを劇として上演してもいいのではないか。しかし、彼らが演じたのは逆に、自らの加害の歴史、魔女裁判の再現劇なのである。

私は思った。この再現劇は、それを上演することで、自分たちのこころのなかの負の感情、ねたみや人をひそかに排除したいといった感情に、率直に向き合うことを可能とするのではないか。そして、その感情は私にもあるものだ。わかりやすい惨禍よりも、こころのなかの己の残酷さの根を見つめること。それが戦争のような大きな悲劇を防ぐ、本当の力となりうるのではないか。もう二度と、人が人を殺すようなことは起こさない。そういった決意を民衆にわかりやすい形で伝えていくのがこの野外劇の主眼なのではないだろうか。

そのとき、私はまた、この劇も生命への畏敬の念に基づいているのではないかと思った。いかなる形であれ、慰霊祭は亡くなった方々への哀悼の気持ちなくして成り立たない。それは、自分たちが傷つけた人々に対する、簡単には語り切れない、深い反省と、許しを乞う真摯な思いをも含むものであろう。この一見、華やかで楽しいお祭りの裏には、確かに、生命の尊重への祈りが感じられたのであった。

五月のイーペルの街は美しかった。お祭りの前日、お祭りを控えて華やぐ街の公園を、朝そぞろ歩いた。旅も後半、明日のお祭りという旅のクライマックスを控えて、私のこころは弾んでいた。そして、どこまでも自由に旅していた。イーペルの街には主に二つの教会があった。一つは、セント・ジョージ・メモリアル・チャーチ。アングリカン・チャーチに属する教会で、第一次世界大戦における戦死者、特に英国兵を追悼するために建てられた教会である。もう一つは、シント・マルテンス教会。カトリックの教会である。

十年ほど前、行き詰まっていた私は、精神のバランスを崩しかけていた。そのころ一時期、私は、アングリカン・チャーチに属する教会のミサに通っていたことがある。そのころは、祈ることの本当の意味は分かっていなかったと思うのだが。しかし、ベルギーへの旅で、命を洗われるような気持ちになっていた私は、この「猫祭り」の行われる日曜日、再び祈りたいと思ったのだ。

初め、私は、列席のマナーを知っている、アングリカン・チャーチの教会のミサに参加したいと思ったのだが、この教会ではお祭りの日の朝、ミサは行われなかった。そのため、急きょ、カトリックのミサに飛び入り参加することとなった。

フラマン語の祈りの言葉も、説教もわからないけれど、ミサの荘厳な雰囲気と歌は素晴らしかった。祭壇のわきで歌う男性のテノールが聖堂中に響き渡り、私は音楽に包まれて清浄な気持ちとなった。テノールで歌を歌う男性は、ジャケットにシャツ姿。聖職者ではないと見える。ただ一般の信者の立場から、その美しい歌声を神にささげているのだろう。二、三年前、一教会ボランティアであった女性、スーザン・ボイルさんの歌声が全世界で話題となったことがある。そのスーザン・ボイルさんの歌声に負けない歌であった。

そして、祈りのあと、ミサでは聖体拝領の儀式があった。私は、クリスチャンではないので、聖体拝領はせず。代わりに胸の前で腕を十字に組んで司祭様の前に進みでた。これが異教徒がキリスト教のミサに出席するたびに行うマナーである。そして、少し驚き顔の司祭様から額に祝福を受けた。キリスト教のミサは本来だれに対しても開かれている。私は、ここで、あらゆる生命への畏敬の気持ちを込めて、祈ってきたのであった。

このミサの体験は、私にとってまさにこころの解放につながった。

私は、ここで告白しなければいけない。私がこの旅を通してひとつの「恋」をしたということを。実は、私は、このミサに出席するとき、日本から同行してきた彼、添乗員さんに、ミサへの飛び入り参加が可能かどうか、連絡をとってもらうようお願いしたのである。初め、彼の返事は、「クリスチャンであれば可能です」とのことであった。一瞬、私は、この人は私の信条を問うのだろうかと思った。しかし、なぜか私は、その時、自分の信仰上の立場など、個人的事情を彼に話してしまったのである。

「私は若いころ悩んで、キリスト教教会のミサに参加していたことがあります。ですから、クリスチャン以外の人がミサに参列するマナーを知っていますから、教会に尋ねてみてください」

なぜ、この時、私はこんな個人的なエピソードが話せたのかわからない。ただ、私は日曜日の朝に、彼とそんな話をしながら、自分の気持ちが弾けるように彼に向かっていることに気づいた。

そんなことが話せたきっかけは些細《ささい》なものだったかもしれない。こころの病に陥って以来、私にとっては、それがたとえ商業的なサービスであれ、差別のない公平なサービスを受けることは難しかった。しかし、彼のサービスは、どのお客に対しても公平なものであった。私に対しても、彼の態度はやさしく丁寧であった。それが、私にとって、どれだけうれしいものだったろうか。どれだけ楽しいものだっただろうか。

私は、思い出す。どのお客に対しても「思い出」深い旅であるようにと、寄り添う彼の姿を。ブリュージュのビア・カフェでのひとコマ。ブリュージュでの自由時間。「夕食にご不安のある方は、お手伝いします」と彼は言った。グループで、ビア・カフェに案内してくれるとのこと。それを希望するのは女性ばかり六人。彼に連れられて、街のビア・カフェに行く。彼が私たちのオーダーのお手伝いをする。一番目の旅のお仲間さん。彼女の好みはなかなか複雑であった。

「まろやかで、すっきりしていて、だけどコクがあって、フルーティーだけど、フルーツ・ビールじゃなくって」

彼は、このお客からの細かい注文を、英語でウエーターに伝えていく。頼んだ方の六人から、思わず笑い声がこぼれるような細かい注文だ。しかし、彼はにこやかに、それをウエーターに伝えていく。

ふと、隣の席のアメリカ人と思われる観光客から、声がかかる。同じ観光客として、彼らからのおすすめも入る。彼は、このアメリカ人観光客ともにこやかに話す。彼らに、自分はツアー・コンダクターだとも伝えている。そして、隣の席からのおすすめビールも含めて、六人分の注文をウエーターに伝えた。

味の翻訳と注文。それは、なかなか難しいことだと思う。それを、にこやかに、丁寧に伝えていく彼。仕事柄とは思うが、彼の人柄が思いはかられる、この丁寧さ、細やかさ。隣のアメリカ人観光客との間にも、明るいムードを作り出した彼。居心地が良すぎるのだ。旅は楽しすぎた。仕事柄、仕事柄とは重々思っても、この居心地の良さに、私のこころは酔ったのだろうか。

好きと思う気持ちは、ビールの泡のようにほんの偶然のもの。でも、この時、私はそんな自分の気持ちに素直になろうと思った。私は、自分の駆け出したいこころを信じることにしたのである。

そして、あの日。ミサの終わったあと、私はイーペルの街のマルクト広場をすがすがしい気持ちで歩いた。すると、マルクト広場から宿泊しているホテルに向かう四つ角に彼の姿が見えた。私は、その時、このミサに出席した感動を彼に伝えたくなった。呼びかけると彼は振り向いた。

「額に祝福を受けてきましたよ」

私は、たぶん、その時、本当にうれしそうな顔をしていたのだと思う。そして彼は私を包み込むように、私の両肩をポンポンとたたいたのであった。ミサ帰りの私は何とも言えない幸福感に包まれた。そして、私はついに彼に恋したのであった。

恋するこころは、私にとってあまりに突然で、自分自身でも深く戸惑った。正直、私は病を病んで故郷に帰ってから、自分が再び恋をすることはないと思っていた。それが、突然、今私は恋している。私は、私の中に健康な感情、恋ごころが宿ったことがうれしかった。そして、私は、この弾む気持ちに賭けてみたいと思ったのだった。

帰国して、私は彼に手紙を書いた。旅の感想に添えて自分の気持ちも。電話も掛けた。返事は期待しないようなことを言ってしまった。しかし、その時の彼の声がなんとも柔らかく、弾む気持ちがおさまらなかった。

夏、私は、彼に残暑見舞いの葉書を出した。なんとこれに返事が来たのである。簡略に、返信の遅れたことのお詫びと、筆不精のため、お便りはメールでお願いしますとあった。喜び勇んで、私は返信の返信のメールを出した。しかし、このメールに返事はなかった。それでも、私はまだ彼に話しかけたかった。手紙を出したかった。秋には、友人に会いに、奈良を訪ねた。私の恋するこころ、旅するこころを伝えたい。私は、「奈良旅行記」と題するメールを送った。奈良旅行の感想と、ベルギー以来、旅が楽しくて仕方ないことを書いたものだった。そして、なんとこのメールに返信があったのである。

メールには簡略に、今月はこれからアフリカに添乗に行くとあった。吹き抜けるサハラの微熱。

私のこころはさらに広がった。私の恋するこころ、旅するこころは、ベルギーからはるかにアフリカまで広がってしまった。私は、彼から感じる遠い外国の匂いにひかれていただけかもしれない。しかし、アフリカ大陸は私にとって素晴らしいメタファーだ。そこには、自分より広いもの、未知なもの、少し難しいものに挑戦したいという、私の元気がいっぱいいっぱい詰まっていた。私は、いつかアフリカ大陸を彼とドライブしてみたいという壮大な夢を見たのであった。

しかし、その時の私は現実にはペーパードライバー。でも、その時の私にはそんなことは障壁ではなかった。私は、自動車教習所のペーパードライバー講習を予約した。正直言って、それまでの私は臆病すぎるほど臆病で、車の運転などいろいろと理由をつけて逃げ回っていた方だ。私にとって、自分自身で車の運転をすると決めたことは、アフリカ大陸を走っているのに等しい。もちろん、現実の私の車は、近所のスーパーや図書館に安全に行ってくるだけで大変である。アフリカ大陸が夢なのは自分でもわかる。それでも、私は、私をこれだけ変えた自分の恋するこころがうれしかった。この気持ちに賭けてみたいというこころは変わらなかった。

年が明け、私は、思い切って彼にメールを書いた。一度、お話がしたい。お仕事は忙しいと思うけれど、一度プライベートでお会いしたいと書いた。

二週間待って返事は届いた。彼からのメールには、自分が既婚者であること、初めにそれを言わなかったことについての謝罪、会うことはできないことが書かれていた。

恋は終わった。初めから、片思いだった。それでも、私はこの恋を後悔していないし、何よりうれしかった。彼から届いたメール、「本当にすいません」の一言に、私は、私も人間として尊重されたのだと感じた。思えば、勝手に片恋をした私に誠実に向き合ってくれた彼に、私も救われたのだと思った。こころの病に陥って以来、私はなかなか自分に自信を持つことが難しかった。しかし、ベルギーへの旅を通して、そして、そこで私が拾った恋するこころを通して、私は再び自信というものを取り戻したと思う。それは、病前のような自分への過信というものではなく、内面から湧き上がる、生きていく勇気のようなもの。私は、このこころを大切にしたい。

改めて、春がくると思い出す。私は一年前の旅するこころを。そして恋するこころを。旅することは、どこか恋する記憶につながっている。私は、また、恋に駆け出すように、旅に駆け出してみたいと思うのである。そう、これからの人生という旅の中へ。そして、その中で私は、また新しい風景と感動に出会っていきたい。私は、私が今、かつてよりも少し広い世界に立っていると思えるのである。

二〇一三年五月

アメリカン・カジュアル

アメリカという国には行ったことがない。海外旅行が好きな私であるが、歴史が短く、古い中世の文化や、クラシックな建造物の少ないアメリカにはあまり興味がなかった。また、私の中のアメリカのイメージは、世界第一位の経済大国の地位を背景にした覇権主義の国といったものだった。

しかし、そんな私がアメリカ発祥の企業、そして、予想もしていなかった衣料品業界、しかもアメリカン・カジュアルの衣類を扱う企業に就職が決まったのは驚きであった。ちなみに、私はこの会社に採用されるまで、いわゆるアメカジ・ファッションなど着たこともなかったのである。

こうなったことの顚末《てんまつ》は、以下のようだった。私とこの企業との出会いは、静岡県、静岡労働局、ハローワーク浜松が行った、障碍者の合同面接会であった。私は、こころの病があるので、この枠を使ったのである。私は昨年一年間、仕事をやめ、人生の休暇を取った。これはよい経験であった。しかし、それでも休暇はあくまで一年。今年の四月からは何らかの形で仕事にもどりたいと願っていた。しかし、私の年齢、経験、経歴等が、なかなか評価されることはなく、少し焦りを感じていたところだった。私が、この企業の面接を受けたのは、やりがいを求めたのではなく、今の自分にできる業務内容の募集であったからである。求人票に書かれていたのは、検品、商品管理など、店舗のバックヤードの仕事であった。なかなか決まらない仕事に焦っていた私は、この企業の存在も知らず、また、この企業の扱っているブランド名も全く知らない状態で、合同面接会で直接面接を受けたのであった。

面接会には店長が来ていた。

「うちのお店を知っていますか」

「いえ、実は、ハローワークで求人票をみて、初めて知りました。私には、着たことのないような種類の洋服で、申し訳ありませんが知りませんでした。ですが、求人票にあるこの業務ならできると思って、応募させていただきました」

求人の業務は、入荷した品物の検品、倉庫に入った商品の整理整頓であった。

店長は、私の履歴書と職務経歴書をじっと見ていた。この書類には志望動機も、自己PRも書いてあったせいか、面接の基本のこの二点について店長は尋ねなかった。そして、逆に面接が終わる際、「何か質問はありますか」と店長は切り出した。私は、その時、何故こんな質問をしたのかわからない。しかし、私は堂々と「社風について教えてください」と尋ねたのであった。

「社風？」

店長は少し考えたあと、こう私に言った。

「うちでは、バングラデシュ、ブラジル、ペルー、フィリピン出身の従業員を雇っています。彼らに対する差別的言動があった場合は、すぐに切ります」

「韓国や中国にもです」

「イスラム教もです」

「うちはグローバル企業ですから」

私はこの店長の言葉を、目を丸くして聞いていたのだと思う。そして、なんと風通しの良い企業であろうと思った。大切なのは、質のよい国際感覚、この企業はそれを求めているのだと思った。

私はこの企業が気に入ってしまった。そして、家に帰って、十分に自己ＰＲができなかったことを後悔した。しかし、この企業に対する私の思いは伝わったのか、一週間後、思いもかけず採用の連絡を受け取ったのであった。

その二、三日あと、私は入社手続きのため、この店を訪れた。入り口を入ると、今年の流行色か、オレンジ色の服がたくさんかかっていた。アメカジなど着たことのなかった私は、本当にこの店に採用になったのかと、半信半疑の気持ちに陥った。しかし、店内のスタッフに要件を伝えると、店長がすぐに笑顔で顔を出した。

そして、店長室で入社の手続きをした。この手続きの初めに、私は社員登録票の記入を求められた。この社員登録票は驚いたことに、日本語、英語併記の書式であった。まるで海外の空港の入管に提出する出入国カードのようだった。中には、社員の基本情報として、母語は何か、そして国籍の記入欄まであった。私は、この契約の過程で、この企業は日本的でないと思った。そして、見ず知らずのアメリカの文化に、ほんのちょっと触れたのであった。私にとって初めて、多民族文化の国、アメリカを感じた瞬間であった。また、私は契約ということで用心のため印鑑を持って行ったのだけれども、これもまったく必要のないものであった。契約書に書くものは、すべて自筆の署名である。契約の日付も元号ではなく、西暦で書く。これも、ああ、私は今アメリカの文化に触れているのだと思える習慣であった。

そして、そのあと、私は店長から、バングラデシュ人と、ブラジル人の同僚の紹介をうけた。二人とも、穏やかでまじめそうな男性であった。店長は、面接の際、外国人従業員の方がむしろできる、とも言った。お二人と雑談をし、私はついにこの店で働くのだという実感を新たにした。期待に胸を膨らませて。

しかし、この企業の革新性は、これだけではなかった。社員登録の手続きを終えて、仕事に入る前に、店長から直々のオリエンテーションがあった。

それは、職場の倫理規定に関するものであった。例えば、セクハラ、パワハラ、職場での暴力にあったときどう対応すればよいのか、などであった。どれも、上司に報告するのが正しい行動であること、そして、上司が対応しない場合は、それらの問題を扱う特別なホットラインがあるということを教えられた。それは、従業員の権利でもあり、そして、職場の環境を守るための義務でもある。そして、私はこのオリエンテーションを終えたのち、誓約書に署名をした。約束を守ること、これがこの企業において最も大切なことである。この時もまた、契約社会、アメリカを感じた瞬間であった。

そして、この企業で仕事を始めたのちも、アメリカを感じた瞬間は多々ある。私は、この企業に障碍者の合同面接会で採用された。しかし、業務において、苦手なことに配慮はあるものの、基本的に任された業務には他の社員と同等の責任を負う。障碍者だからといって、責任は割引されるものではない。私には、苦手な接客の業務は任されないが、在庫の適正な管理は私の責任である。上司は私に言った。

「倉庫がきちんと整理整頓されていないと、売り上げにも影響があります。どこに何があるかちゃんとわかっていないと、あるものもないとお客様に言ってしまって、そこで売り損をしてしまうわけです。遠藤さんには、倉庫の主になってもらって、どの商品でも遠藤さんに聞けば場所がわかるようになってください」

倉庫番の業務は、一見単調な整理整頓作業の繰り返し。しかし、上司はその地道な作業の重要性を強調する。そして、店舗の販売スタッフたちも、「きれいに並べてくれてありがとう」と、倉庫に商品を取りに来た折に言ってくれる。この企業に、何の問題もないとは言わないが、少なくとも、ここには、得意なことを評価し、きちんとほめる文化がある。良いことだ。また、この企業では、皆が同等のことをする必要はない。得意なことを生かして、その業務に責任を持ち、それぞれが異なる働き方をして、お互いに補い合えばよいのである。ここには、個性を大切にする文化もまた、あったのである。

アメリカン・カジュアル。Casualとはどういう意味であろうか。リーダーズ英和辞典によれば、第一に、偶然の、思いがけない、という意味。第二に、時たまの、不定期の、その時々の、臨時の、という意味。第三に、不用意な、でたらめな、あてにならない、無頓着な、のんきな、という意味。第四に、さりげない、ちょっとした、軽い、四角ばらない、くつろいだ、略式の、普段着の、という意味。そして、第五に、外来の、という意味。一見すると、あてにならないなど、あまりいい意味にはとらえられない訳語もある。しかし、アメリカン・カジュアル・ファッションの店で働いてみた実感からは、Casualという言葉の意味は、さりげないことを大切にすること、そして、四角ばらない個性を大切にすること、思いがけないことを大切にすること、そして、こころが軽くなること、そんなことを指し示すように、私は思うのである。

まだ十分に着慣れぬ、アメリカン・カジュアル・ファッションを身に付けて働きながら、四角ばった私のこころもまた、カジュアルにしていきたいのだ。アメリカン・カジュアル。それは、偶然やってきた。アメリカン・カジュアル。私の外見にも、そしてこころにもまた似合うものになっていけ。アメリカン・カジュアル。仕事を通してみるアメリカは、以前とは別の姿をしている。アメリカン・

カジュアル。アメリカもいつか行ってみたい国の一つとなった。

二〇一三年六月

祖母には「野の草花」を

私の祖母は、文盲に近い。彼女はカタカナとひらがなと、「手」「車」など日常に馴染みのある、ごく少数の漢字が読めるのみだ。書く方も、私が知っているのは、かつてお年玉袋に書いてくれた、ひらがなの私の名前、そして、晩年、彼女の部屋の電話機のそばに張られていた、カタカナで書かれた兄弟姉妹や子どもたちの名前を記した手書きの電話帳ぐらいだ。漢字は、名前と住所がやっと書ける程度と聞く。文盲は言いすぎかもしれないが、彼女はその半生を通じて、実際、本を読むという機会、文を書くという機会には恵まれなかった人である。

私の祖母は、大正十四年に、農家の長女、十人兄弟の長子として生まれた。当時、日本の農村は貧しかったのだろうと思う。母に聞くに、祖母は小学校もろくに行けず、妹や弟の子守りをし、畑を手伝っていたのだという。当時は女性には参政権もない時代、教育の権利も十分でなかった時代なのだ。そして、祖母は文字を通した教育や教養の恩恵にあずかることのない半生を送った。田舎言葉丸出し。自分のことを「おら」「おれ」「わし」と呼ぶ祖母。それでも、私はこの祖母が好きである。なぜなら、この祖母は、教育はなくとも、子どもたちや、私たち孫に対して、惜しみない愛情を注いでくれたからである。その祖母に、私はほとんど応えてくることはなかった。祖母は、ほんのちょっとの孫からのこころ遣いにも、本当に喜んでくれる人であるにも関わらず。

そんな、些細なことにも喜んでくれる祖母に、私はある絵本を贈ったことがあった。本を贈ることが、愛情表現なのは父譲りであろうか。祖母の教育歴を考えると、私の本という贈り物は、少々不遜であるようにも思う。ただ、その絵本は、当時暮らしていた街の書店で見たとき、何より私の幼年時代、そして、祖母のことを思い出させるものであった。その絵本のタイトルは、『野の草花』といった。タイトルの通り、日本の野に咲く草花を、春夏秋冬、水彩で実写的に描き紹介する絵本であった。レンゲで始まる表表紙。そして、ページを開くと、セイヨウタンポポの黄が目に飛び込んでくる。祖母の家のミカン畑の奥に咲いていた、私の好きなタチツボスミレの薄むらさき。オオイヌノフグリの青に、ハハコグサの黄。ナズナの白。時を夏に進め、視線を浜辺にむければ、ハマヒルガオのもも色。そして、カラスノエンドウの濃いむらさき。はたまた、梅雨の季節のツユクサのはかない水色。秋になれば、オオマツヨイグサの黄が夕に咲き誇る。そして、茫漠《ぼうばく》と続くススキの野。そのススキの野に交ざり花を咲かせる、セイタカアワダチソウの迫力ある黄色。それらは、すべて私が幼年時代に祖母たちの畑や地所で馴染んだ「野の草花」であった。私は、この絵本を開いて、幼年時代の懐かしさでいっぱいになった。

ちょうどそのころであった。母から、祖母の誕生日に何か贈らないかとの声がかかった。私は、ちょうど良い贈り物として、この絵本を選んだ。母は、子どもに贈るものでもあるまいしと、けげんな顔をしたが、私は書店で緑色の包装紙を選び、この絵本をラッピングしてもらった。そして、別の雑貨店で買った薄すみれ色のリボンをかけ、むらさき色のカタバミの造花を添えた。そして、この絵本を祖母に贈ったのであった。

初め、私の贈り物を見た祖母はいぶかしげであった。絵本という贈り物は、祖母には馴染みのないものであったのだろう。

「ばあば、見てみて。この中には、ばあばの畑で小さいころ見たお花が、たくさん描いてあるから」

私の言葉に、おそるおそるページを開く祖母。

「子どものころ、ばあばのうちで、これを見た」

指さす私に、祖母は、

「あー、これはわる草だ」

と、声を上げる。そして、次々に描かれた「野の草花」を見て、

「これも、わる草だ。これも、これも、わる草だ」

と声を上げた。半生を一農婦として生きてきた祖母にとって、それらの草花は、野菜を傷めつける「わる草」であったのだ。しかし、彼女は確実にそれらを知っ

ていた。

「どれも、おらんちの地に生えてるもんだ」

そして、一呼吸おいて、彼女はぽつりと言ったのだった。

「けんど、絵にかいてみると、けっこいな（きれいだな）」

私は、彼女のその一言に、やっと彼女に、幼年時代の、私の記憶を贈ることができたように思った。

しかし、実際のところ、彼女がうれしかったのは、久しぶりに孫が顔を見せたことであって、絵本という贈り物ではなかったと思う。この絵本も一度目を通されただけで、祖母の押し入れに大事にしまわれてしまった。私は、彼女にほとんど、いまだに応えることができていないことに変わりはない。

その後、何年かして、祖母は手の込んだ介護の必要性から、老人病院に入院した。そして、入院後数日、環境の激変により、祖母は認知症の患者となったのだった。私は、そんな祖母の見舞いにも頻繁に出かけることはなかった。認知症を患い、昔の繰り言の中にとらわれている彼女との会話は、しばし、私を疲れさせるものであった。私の足は遠のいた。

　そして、祖母にとっての新たな幸せは、私の生き方とは全く別のところからももたらされたのである。

　この正月、元旦を少し過ぎたころ、私は母と妹とともに、老人病院の祖母を訪ねた。祖母は意外なほど元気であった。久しぶりの私たち姉妹を見ると、それぞれの名を呼んでくれた。良い栄養管理により、入院前より少し肉付きの良くなった顔。介護士さんたちに断りを入れ、一階のロビーに祖母を連れて行きお茶を飲む。祖母は息せき切ったように話し出した。

「やすこの子はなんといったかな」

「かずちゃん」

「かずちゃんか。かずちゃんが、おっかあとやってきてなあ、連れてきてなあ」

「あ、それは、ひろちゃん」

「そうか、ひろちゃんが、おっかあとやってきて、連れてきてなあ」

「あ、ひまりちゃん」

「やってきてなあ」

祖母は、この初夏に生まれた、祖母にとってひ孫にあたる娘を、いとこが連れてきた時のことを話し出したのだった。

「ここが、こう、ぷうっとなってな」

「こうやって、こうやって」

身振り手振りを交えながら、祖母はひまりちゃんがもぞもぞと、手足を動かすさまを語った。その時、祖母の顔は輝いて見えた。何度も何度もひまりちゃんの様子を語る祖母。それは、私が幼年時代に仰ぎ見たやさしい祖母の顔そのものであった。繰り言を繰り返す最近の祖母の姿は、そこにはなく、私は、少々祖母に申し訳なく思ったのだった。

私は、もう十二年も前になるだろうか。こころを病んだ。その回復の過程は決して不幸なものではなかったが、病ゆえ適齢期を逃したというのは事実であろう。病院の精神科急性期病棟よりかけた電話に快く出てくれた祖母。あの時は、

「おまえとおれは、こころが通じるか。通じるか」

と、壊れそうな私を、温かい声と大きな懐で受け止めてくれた。私とは違う、祖母の安定した性格に、私は何度救われてきたことだろうか。

そして、失意の病気療養中の私に、祖母は、いつしか、

「ゆきちゃんも、いいひとがいれば」

そんな願いも言わなくなったのであった。その願いは、祖母としては至極まっとうなものであると思われるのであるが。私は、そんな祖母の気遣いにも、どれだけ救われてきただろうか。病の発症には、もう二度と思い出したくもない恋愛事件も絡んでいた。私の二十代、三十代初期の恋愛は、今思えば駄目駄目で、恥ずかしながら、男性に対してある程度、安定した感情を持てるようになったのは、ここ最近の四十代になってからのことであろう。

そんな私にとって、今日の祖母の元気はまばゆいものであった。いとこのひろちゃん夫婦と、その娘のひまりちゃんに、こんな幸福な時間を感謝する。

そして、今日の祖母は、どこまでも前向きであった。何度も繰り返されたひまりちゃんの話が終わった後、祖母は突然私たち姉妹に尋ねた。

「ちいちゃんは、いくつになった」

「ばあば、四十になっただよ」

妹は答えた。続けて祖母は私に問う。

「ゆきちゃんは」

「私は、明日で四十三になるよ」

「そうか。おまえら、わしが生きてるあいだに、いっぴきずつ連れてこい。な」

祖母の本当の願い、命のバトンをつないでいってほしいという思いがついに口をついたのだった。

「ゆきちゃんも、いいひとがいれば」

その言葉を、長くぐっと飲み込んでいてくれた祖母。その思いを今吐き出した祖母。私は、不思議とその祖母の言葉に傷つかなかった。むしろ、私はそんな祖母の言葉がうれしかった。現実には、いっぴきにひき連れて行くのは、年齢的に難しかろう。しかし、この日、私は、そんな祖母の言葉に思わず声を上げて笑ったのであった。

「そうね」

私は、祖母に答える。

帰りの車の中で、私はハンドルをにぎりながら、母と妹と話した。

「おばあちゃん、元気だったね」

母は、祖母があんなことを言って、少し困るという口ぶりだったが、妹と二人、祖母が今とても前向きであることを喜んだ。

ハンドルを握りながら、私には、幼年時代の風景が浮かんできた。数ある「野の草花」のなかで、私は、スミレが一番好きであった。絵本のタチツボスミレを思い出す。あのスミレは、祖母の家のミカン畑、ミカンの木の下に群がって咲いていた。そして、そのスミレの群生の向こうには、ミカン畑の奥、セイヨウタンポポとオオイヌノフグリ、そしてナズナが咲き乱れる小さな花畑がある。私の脳裏には、小さなスミレのブーケを持った小さな女の子が、ミカン畑の奥の花畑に向かう光景が浮かぶ。祖母にプレゼントするための「野の草花」のブーケを持ったその姿である。

老人病院より帰宅した私は、かつて祖母に贈った『野の草花』の絵本を改めて見た。私は、この絵本を、祖母が老人病院に入る際、散逸を防ぐため、改めて祖母よりいただいていたのであった。絵本を開くと、やはり、「野の草花」に遊んだ、私の幼年時代が鮮やかによみがえってくる。私は、この絵本にこの先の物語を描き、書かなければいけないのかもしれない。そして、その物語自体が、私から祖母への贈り物である。それは、私の精いっぱいの人生。いっぴきにひきは現実には難しかろうが、私は書く。祖母へ贈る物語を。文盲に近かったかもしれないが、やさしさにあふれた半生を送った祖母へ、書くことしか能のない私からの贈り物である。

祖母には「野の草花」を。私は、その続き物語を彼女にどうしても贈りたいのだ。

二〇一五年一月

古梅園さんのこと

毎年十一月の初め、「正倉院展」のころに合わせて、私は奈良を訪れる。奈良は私が長すぎた青春時代を過ごした場所だ。当時の私は、奈良市内にある、ある大学の大学院生であった。あのころの思い出は数限りない。たとえそれが、研究上では実り少なく、困難な時代であったとしても。また、結局のところ、私は大学院で博士号の取得には至らず、病苦のため故郷に戻ることとなったとしても。

あれから、長い時間がたった。だが、こころの中で、奈良は私の第二の故郷であることに変わりはない。奈良の街をそぞろ歩きするごとに、私は私の青春時代を思い出す。奈良を離れて間もないころは、年に一回奈良を訪れることが、何より懐かしかった。しかし、長い時間を経た今は、懐かしさというより、奈良の新しい相貌を発見することに、より深い喜びを感ずるようになった。たとえ、それが、私が知らなかっただけの古くからある奈良の相貌の一つであったとしても。

今回の旅で訪れた奈良墨の老舗工房、古梅園さんも、そんな古くて新しい奈良の相貌を感じさせる所であった。十一月五日、朝の九時半ごろ、私は奈良に到着した。ホテルに荷物を預け、十時からの友人との約束の時間を待つ。この短い時間の間に、私は思い切って、古梅園さんに、にぎり墨体験の予約の電話を掛けた。急な翌日の予約であったが、古梅園さんは快く応じてくれた。

思い切って電話を掛けた、というのにはわけがある。奈良に住んでいたころ、私はしばしば古梅園さんの前を通った。この店の面構えは、古い木の看板を掲げた重厚なそれである。黒々と、そして、しっとりとした面構えから、このお店の格式の高さを感じる。簡単には入りづらい店というのが、私にとって昔の古梅園さんの印象であった。しかし、奈良を離れてからの長い時間は私を落ち着かせた。研究上での挫折の痛みも、今や一つの懐かしいエピソードである。私は私なりに中年の自信を持つようになった。今や、せっかく奈良に行くのであれば、思い出を追うだけでなく、何か奈良の素晴らしいところ、古くて新しいところを体験してきたい。そんな気持ちで、思い切って素敵な面構えの古梅園さんに電話を掛けたのであった。

翌六日、午後一時、私は古梅園さんを訪れた。がらりと店の扉を開ける。空気が澄んでいて、静謐《せいひつ》な雰囲気の店である。入り口を入ってすぐ右側に、ガラスケースに並んだ墨の売り場がある。そして、左側に事務所。事務所の方に、

「こんにちは」

と、声をかけると、すぐに感じのよい女性が出てきた。

「にぎり墨の体験に来た遠藤です」

名乗るとすぐに通じ、店に通された。

「何か書かれているものがあるのですか」

女性に尋ねられた。こちらは前日予約の女性一人旅。何か、書道に関心のある旅人と思われたらしい。だが、今のところ、私に書道の趣味はない。

「いえ、書道は全くやったことがありません。今日は、日本の伝統技術に関心が

あってふらりと来てみました」

そう答えた。白紙の客である。そこで、長話をすることもなく奥の工房へ通されることとなった。店と工房との境は、紺色の古梅園と書いた暖簾《のれん》と小さな引き戸で仕切られている。引き戸をそっと開け、頭と足に気を付けながらその敷居をまたいだ。すると、細いレールの敷かれた細い通路に出る。このレールは墨を運ぶものだそうだ。平屋で背は低いが、奥行きのある建物だ。墨は煤《すす》と膠《にかわ》から作られるらしい。初めに、煤を取る道具と採煙所を紹介される。煤を取る道具は、小さな土器のお皿と、それより少し大きい緩やかな丸みのある蓋で構成されている。お皿に植物性の油を入れ、燈心を入れて火をともす。そこに丸みのある蓋を被せて、煤を付着させる。煤が均一に付くように、この蓋を少しずつ回転させていくという。気を配った細やかな作業だ。この日は、残念ながら煤を取る作業は行われていなかったが、墨を作るとは、初めからなんと細やかな作業なのだろうかと思った。

煤の取り方の説明を受けたのち、今度は、もう一つの墨を作る材料、膠を見せてもらった。膠は筒型の壺の中できれいに溶けていた。古梅園さんの説明によると、最近は質の良い膠を確保するには苦労するという。確かに、先に見せてもらった膠の溶液はほんのりと透き通っていて、美しかった。また、膠の壺のある部屋には、なぜか蛤《はまぐり》の貝殻があった。出来上がった墨の表面はこの天然の蛤の殻で磨かれるのだという。これも、気の遠くなるような話である。奈良の墨作りは日本の伝統産業であるが、いまだに古くからの道具で手作りされていることに感動を覚えた。

墨作りの道具の見学を終えた後、実際に職人さんたちが墨を作っている作業の見学となった。この日見たのは、煤と膠を練り合わせたものを木の型に入れ、成形する作業である。この日は、三人の職人さんが並んでこの作業を行っていた。ガラス越しに職人さんたちの作業を覗き込むと、型に入れる前の墨のもとを天秤ばかりで量っている。だいたい感覚で量がわかるのか、毎回天秤ばかりはきれいに釣り合う。量り終えると、その墨のもとは細長く練り合わされ、木型に入れられ成形される。次から次へ、その繰り返し。職人さんたちは無言で、真剣な表情でその作業を繰り返す。職人さんたちのまっすぐな目に、日本古来の伝統技術を背負う誇りを見たのは、私だけであろうか。古梅園さんの工房は、世間の喧騒《けんそう》とは隔絶された異空間と感じられるものであった。

そして、いよいよここで、にぎり墨の体験である。掌でぎゅっと握って自分の墨を作るのだ。さっとガラス戸が開き、職人さんが私に細長く伸ばした墨のもとを渡す。掌で受け取ると、ほの温かい。来店以来、説明を続けてきてくれた女性に、墨の握り方を指導される。掌をぎゅうっと閉じて、はみ出した分を親指でぎゅっと押さえる。そして、掌をゆっくり開くと、にぎり墨の成形の完了である。ころりとした私のにぎり墨は、紙にまかれて盆に載せられ運ばれていった。あとは、乾燥されて送られてくるのを待つのである。

にぎり墨体験を終えると、次は墨の乾燥の工程の見学となった。墨は天然の木の灰の中に埋めて乾かすのだという。古梅園さんでは、特にクヌギの木の灰を使っているとのことだった。墨は初め、比較的湿った灰の中に入れて乾燥される。さらに一日ごとに、より水分の少ない灰の中に移され、乾燥されるのだという。私は、その灰に触ってみた。確かに、最初の一日目に使う灰はしっとりとして適度な重みがあり、最後の乾燥に使う灰はさらさらと乾いていた。灰の香りもした。お香のような強い香りではないが、どこかすっきりとした香りであった。この墨の乾燥室でも、職人さんが一人働いていた。四角い箱に入った灰の上に新聞紙を敷き、その上に丁寧に墨を並べている。一面に墨を並べ終えると、さらにその上に灰を被せる。続いて、新聞紙を敷き、墨を並べる。その繰り返し。そして、毎日、墨は箱から箱へと移し替えられ、より乾燥した灰の中で乾かされるのだという。一カ月、二カ月、三カ月という長い過程だ。

案内してくれた女性の説明によると、磨《す》っていて折れるような墨は、このような緻密で長い乾燥の過程を経ず、急激に乾かしたものであるという。高い墨の品質を保つためには、この気の長い乾燥の作業は必要不可欠なものであるそうだ。何事も丁寧であることは大切であろうが、この墨の乾燥にかける丁寧さには、老舗の誇りを感じざるを得なかった。

それでも、墨の製造工程はこれだけで終わりではない。灰から取り出した墨は、

さらなる乾燥の過程を経る。案内の女性が木戸を開ける。するとそこには、藁《わら》で括られた墨が天井から吊《つ》り下がっている。思わず、

「えっ、藁で吊るすのですか」

と、驚きの声がでる。

「ええ、藁で吊るすと、藁が自然に墨の水分を調節してくれていいのです」

ここでは、昔ながらの、それでいて合理的な製法がよく守られている。墨作りが行われるのは、秋も深まる十一月から春先の四月までに限られるという。墨はこうやって藁で吊るされ、冬の冴えた寒気に身をさらすのであろう。この清々とした工房を見学して、書道の趣味のない私も、なぜかとても身の引き締まる思いがしたのであった。

こうして、墨工房の見学が終わった。墨はこれらの長い乾燥の過程を経たのち、表面の磨き、彩色を経て完成するという。工房から、店先へ戻る細い小道を歩く。見上げると、煤けた黒い屋根の合間から、細長い青空がのぞく。どこまでも澄んだ青だ。しばし佇んで空を見上げている。そういえば、今日は晴天であった。私

はすがすがしい気持ちで、そこに立っていた。

長く、墨の文化、書の文化に親しむということはなかった。だが、ふらりと立ち寄った古梅園さんの丁寧な墨作りへの姿勢、そして清々とした工房の雰囲気は、墨の文化、書の文化への尊敬を生むに値するものだった。

見学を終えた後、ガラスケースに並べられた墨を見ながら、案内してくれた女性と話をした。ガラスケースの中には、べにばな墨という墨があった。尋ねると、べにばなの紅を混ぜた墨だという。女性は言う。

「着物などでも、いったん赤で染めて、それから黒に染めると、より深い黒になるというでしょう」

黒という色が美しいと思ったことはなかった。しかし、墨作りの工程を見て、この言葉を聞いて、私は、黒という色がすべての色を飲み込んでさらに深くなる色だということに気が付いた。黒は美しい。奥深いと思った。

最後に、古梅園さんを出るとき、私はせっかく墨を作ったのだから、何か書いてみることを勧められた。字の下手な、お習字の経験のない私にはすぐには難しい。しかし、何か書いてみたい言葉はないだろうかと考えた。ふと、論語の一節が浮かんだ。

吾十有五にして学を志す
三十にして立つ
四十にして惑わず

今年で、不惑を一年超えた。「四十にして惑わず」と自分で言うのは、不遜かもしれない。しかし、私にとって、挫折と立て直しの三十代を経ての四十代の始まりは、幸福なものであった。新しい仕事にも就いた。文章を書くという趣味も得た。そして、旅する楽しみも知るようになった。奈良の旅も年々奥行きを増していく。まるで紅を染め直した黒のように。四十代になって、この街で培った二十代の学び、努力が別の形で再度、現在の中で生きてきているように感じるのである。それは、経験を見返す目の、四十代なりの深みなのかもしれない。最近面白いと感ずることが増えた。

さて、古梅園さんを出る。黒々とした墨の世界から一歩出て、また青空を見る。違って見える。

「忘れたころに送られてきます」

という、私のにぎり墨を待ちながら、論語はすぐには無理であるとしても、何かお習字をしてみようかと思う。新しいことは面白い。新しい経験を積み重ねることで、すべての色を飲み込んで深くなる墨の黒のように、私の人生も奥深くあれと思うのである。

二〇一三年十一月

※本書の刊行にあたり、墨の製造工程についてご確認いただき、掲載を許可してくださった、株式会社古梅園さまに感謝いたします。

礼節を伝えることば、価値観を伝えることば

なんてきれいな赤紫色のサリーなのだろう。なんて素敵なルビーのリングなのだろう。今日は、彼女の息子さんの誕生日パーティーであった。彼女はバングラデシュから日本の医大に留学してきている留学生さん。同じく留学生である彼女の夫の、アルバイト先での同僚だと名乗った私に、彼女は右手を差し出し名乗った。私たちは握手をした。

これが、現在の私の英語の先生、彼女との初めての出会いであった。あの日、赤紫色のサリーを身に纏《まと》った彼女の姿を私は何度も思い出す。あの日の彼女はなんとも素敵であった。

私の現在の勤め先は、郊外のショッピングモールの中に店を構える衣料品店で

ある。外資系の大手衣料品小売業、その会社が構えるこの街でのお店が私の勤め先である。ここで、私は、バックヤード業務を担うパート社員だ。外資系のこの会社の方針なのか、私たちの店には、多くの外国籍のスタッフがいる。フィリピン、ブラジル、ペルー、そして、バングラデシュ。彼女のご主人だ。彼らの多くは、私と同じくバックヤード業務を担い、私は、彼らと仕事をすることも多かった。必然と、私は彼らの国の文化に興味を持った。

大学時代に、ラテンアメリカ文学に惹かれた私は、スペイン語を少しかじった経験があった。ペルー人の同僚に片言のスペイン語で、「スペイン語を教えてほしい」と話し、驚かれたことがある。ブラジルからの同僚にも、スペイン語とポルトガル語が似ていることもあって、片言のポルトガル語であいさつをしてみた。ちなみに、フィリピンの言語、タガログ語にもスペインに統治された時代があったという歴史により、スペイン語から借り受けた語彙《ごい》が多々あるようだ。あいさつ程度とはいえ、スペイン語を知っていたことにより、彼らに対する親しみと友好を求める感情を表現できたように思う。

しかし、こんな外国勢の同僚のなかでも、彼女のご主人とのコミュニケーションは難関であった。彼は、工学を学ぶ留学生。バングラデシュではエリートであろう。英語ももちろん話せるだろうし、いや、それ以上に品のいい日本語を話した。私は、秘かにそんな彼を尊敬していたのだけれども、宗教も性別も立場も違う彼には、その他の外国勢とのように、親しみの気持ちを表現するという機会はなかった。

ところが、機会は突然に訪れた。ある日、出勤すると、お店のバックヤード、マネジャールームの扉に、一枚のポスターが張られていた。彼の息子さんの誕生日パーティーの招待状である。私たちのお店のメンバーにも招待がかかっていたのだ。その招待状には、出席するか否か、「何月何日までに、あなたのご意志をご確認ください」と書かれていた。

「意志を確認する」。日本語のネーティブ・スピーカーならばもちろん意味はわかるが、この「あなたのご意志をご確認ください」という表現には、正直文化の違いを感じた。各人の「意志」を尊重する文化なのであろうか。そして、私はというと、私の「意志」は参加したいであった。だが、私は、これまで彼と親しく話したことがなかった。もちろん、パーティーは来る者拒まずだとは思うが、参加するには、まず、彼への親しみの気持ちを表現したい。そう思った。そして、私は、思い切って彼に短い英文の手紙を書いてみたのだった。

「私は、あなたの息子さんの誕生日パーティーに参加したい。そうではあるのだけれども、私の急な申し出にあなたが驚いているのではないかと恐れている。それは、職場で私とあなたは、ほとんど話したことがなく、よい友人とは言えないからだ。しかし、実を言うと私はあなたを尊敬している。亡くなった私の父も、あなたと同じくエンジニアであった。父もエンジニアとして海外で仕事をしたことがある。そのため、あなたや私の父のような、海外で学んだり、働いたりするエンジニアを、私は尊敬している。それは、決して簡単なことではないから。バングラデシュの文化やマナーについては、全く知らない。それについては教えてほしい。お誕生日おめでとう。あなたと、あなたの息子さん、そしてあなたのご家族がこの一年、よいお年を送られますように」

そんな内容の手紙であった。これは、考えてみれば、私が初めて母語を異にする人に出した、英文の手紙であった。通じるかどうか恐れはあったのだが、通じることを祈り、私は、この手紙を、彼の息子さんの誕生会のお知らせの隣に、磁石で張り付け帰宅したのであった。

翌日、出勤すると、そこにあったのは、彼の笑顔であった。

「手紙は読んでいただけましたか」

そう尋ねた私に、彼は言った。

「きれいな英語。あれだけ書ければ恥ずかしくない」

通じた、通じたんだ。私は、うれしかった。私は、尋ねた。

「息子さんは、おいくつですか」

「二歳です」

「二歳ですか。かわいいですね。パーティー参加させていただきます。パーティーには、ドレスコードはありますか」

「ドレスコード？　ドレスコードはありません」

「ああ、それから、誕生日のプレゼントですが、日本のお年玉でも失礼にはあたりませんか」

これは、ちょうど一月の出来事だったのだ。お年玉という習慣を彼は知らなかった。

「えっ、日本の何ですか。もう一度言ってください」

「ああ、お年玉と言って、日本では、お正月に、友人や親せきの子どもにお金を包む習慣があるのです。それでもいいですか」

現金を贈る文化というのは、場合によっては失礼にあたらないか、私は確認したかった。彼の返事はシンプルだった。

「ありがとうございます」

文化的に、お年玉は問題ないようであった。

そして、しばらくのち、私は、市の公民館の一室を借りて行われた、彼の息子さんの誕生日パーティーに参加したのであった。

そして、そこには、赤紫色のサリーを纏った彼女。現在の私の英語の先生がいたのだ。

ムスリムのパーティーには、ムスリムのパーティーのマナーがある。招待客は、同じ部屋ながら、男女別席で座る。そして、男性客の接待は彼が行い、女性客の接待は女主人である彼女が行うのだ。自分の夫の同僚であっても、私は女性客。彼女は、初対面の私にこまごまと気を使った。

実は、私は、バスの時間の関係上、会場に早く着いてしまったため、パーティーの開始時刻まで座って待つことになったのだが、その私に彼女は、

「退屈はされていないか」

と英語で尋ねた。

「大丈夫です」

私も、そう答える。続けて彼女が言う。

「もし、あなたが、文化の違いにより、何か困った、わからないということがあったら、まず、そのことを私に言ってください」

パーティーを取り仕切る女主人としての心配りであろう。なんてきれいな英語、

礼節のこころの表れた英語だと私は思った。

バングラデシュのパーティーは、よく配慮されており、とても気持ちよく楽しいものであった。食事は、彼らが家族で用意したという手作りのカリーとピラフであった。鶏肉のカリー、卵のカリー、エビのカリーなどが並んでいた。ビュッフェ式で自分で紙皿に取る。私が、鶏肉のカリーと卵のカリーを取って席に戻ると、近くに座っていた彼女が言った。

「エビはお好きではないか」

あっ、と私は思う。ここでは、出された料理に手を付けないと口に合わないのではないかと心配されてしまう。私は、

「エビも好きです」

と答え、エビのカリーも皿に取ってきたのだった。

パーティーは進む。子どもの成長を祈るこころは、世界共通であろう。このパーティーも始まりは、彼らの息子さんによるケーキカットだった。カットしたケーキを一口最初に食べるのは、息子さんだ。日本のお食い初めの儀式と共通してい

るように思った。そして、大人たちはおしゃべり、子どもたちは、駆け回って遊ぶ。私は彼女に、「このカリーは何種類ぐらいのスパイスを使っているのか」などと質問をしてみた。彼女は、使ったスパイスの名をあげる。私の英語力が低く、おしゃべりが弾まないのが少々残念だった。

おしゃべりが終わると、パーティーではビンゴゲームが始まった。こういったゲームに興じるあたりも、あまり文化的な差異はないと感じた。私も、めでたくビンゴ。景品に、黄色い、かわいらしいお皿が当たった。礼節のこころに満ちた心地よいパーティーで、私はとても楽しい気持ちで帰宅することができた。そして、彼女の、パーティーマナーにかなったきれいな英語がこころに残ったのであった。

数日後、私は職場で、彼女のご主人に会った。パーティーが楽しかったことを伝えた。彼は、彼の奥さんの職業が医師で、今は日本の医大に留学中であることを話した。難しい学業、母親の役割、そして妻の役割を異国でこなす彼女にも、私は尊敬の念を持った。

その後、職場では、シフトの関係上、半年以上、わたしはこのバングラデシュの同僚さんには会わなかった。

しかし、半年以上のちでも、私の彼らへの親しみの気持ちは通じ、覚えられていたと見えた。ある日、久しぶりに職場で彼に会った。私は、恐る恐る彼に尋ねてみた。

「日本に留学しているバングラデシュの人はみんな英語ができますよね。どなたか、あなたのお友達で、私に英語を教えてくれる人はいませんか」

「僕でもいいよ。でも、僕の奥さんの方がもっといいと思う。同じ女の子どうしだから」

望んでいた以上の提案だった。あのきれいな英語、礼節のこころを表現できる彼女から英語が学べるのだ。そして、間もなく彼女との英語のレッスンが始まったのであった。

初めのころ、私は、レストランでの気持ちのよい会話を彼女から習いたかった。実は、私は海外旅行で誤った英語表現を使って、失敗したことがある。ヨーロッパのレストラン。母と二人参加の旅行。基本的に食事を残すのは失礼だ。海外出張もしばしばこなした父が、昔言ったことがある。「イタリアなんかのレストランでは、食事を残すと、シェフがまずかったのではないかと思って飛んでくる。そういう時は、とてもおいしいのだけれども、もうおなかがいっぱいで食べられない、申し訳ないが下げてほしいというべきだ」。私は、これを聞いて以来、海外のレストランでは、極力残さないようにしてきた。しかし、母は違う。年齢のせいもあると思うが、食べきれないことが多いのだ。食べきれないという母の代わりに、私はウエートレスさんにお皿を下げてもらおうとした。ところが私は英語を間違えた。"Please take away this dish."「このお皿を下げてください」と言うべきところを、"Please get away."「立ち去ってください」と言ってしまった。ウエートレスさんが、"Get away!"「立ち去れだって！」とかんかんに怒ったことを覚えている。

私は、先生にこの失敗を話した。むろん、この場合は、私が英語の表現を正確に覚えていなかったことが第一に問題なのだが、先生の国でも、食事を残すということは、やはり大変失礼。レストランでは食べきれる量を注文するのがルールだと言われた。では、どうしても残さざるを得ないときどう言えばよいのか、私は先生に尋ねた。先生が言うには、第一に、“Food is very delicious.”「食事はたいへんおいしいです」と伝えること、その上で、“But we are full.”「ですが、私たちはもうおなかがいっぱいなんです」、そして、“Please pack to me the remaining foods.”「お持ち帰りにしてください」と頼むのが、失礼でない。しかし、一般に、私がよく利用する日本のパッケージ・ツアーでは、なかなかホテルに食事を持ち帰るのは難しい。そんな事情を話した。すると、先生は、お持ち帰りがやはり礼儀にかなっているけれど、持ち帰れないときは、代わりに、“Sorry for wastage.”「残してしまってすいません」というべきだと言った。

このころのレッスンの復習帳を見ると、こんな例文が書かれている。

“It was thoughtless of me to hurt your feelings.”
「あなたの感情を傷つけてしまったなんて、私の思慮が浅かったのです」
意図せずに、人を傷つけてしまったとき、事情を伝え謝る場合に使うような表現だ。

考えてみれば、初めにレッスンの進め方を相談したとき、先生は私に、どんな英語を習いたいか尋ねた。私は、礼儀正しい英語、つまり礼節のこころを伝えられる英語を習いたいと伝えた覚えがある。先生のパーティーでのきれいな英語に憧れて。あなたのようにとは言わなかったけれど。そんないきさつもあって、初めのころ先生は、ちょっと気の利いた「こころ」を表現する言い回しをよく教えてくれた。“Please don't freak out, but……”「どうぞ、怒らないでください、ですが……」など、例えば、ちょっと切り出しにくい話をするときの前置きのことばだとか、もろもろである。

そんなレッスンは楽しかったけれど、まだまだ私の英語は、礼節のこころを伝えられるレベルに達していなかった。だいたい私の英語は、正確に意志を伝えるにもまだ遠かったのである。しばらく、私の英語のレッスンは、文法中心であった。正確な時制表現の使い方、前置詞、複合前置詞の使い方、単純文を複合文へ変換するやり方、疑問文、感嘆文、命令文の作り方などなどである。このレッスンを通して、英文を書くという点では、スペルミスや文法ミスは多々あるものの、なんとか思うところを伝えられるというレベルに達した。私の趣味がエッセイ書きであるということも、先生にはすでに話した。私は、“Prior to”「その前には」という複合前置詞を使って例文を作る。

“Prior to writing, we have to become aware of the importance of humor.”

「書く前に、ユーモアの大切さに目覚めなければならない」

先生が、うんと頷いてくれた例文である。例文の中に、秘かに私の価値観が表れ始めたころだった。

先生とのレッスン。月の初めのレッスンには、先生が私のためにテストを作ってくる。大問が三つ。最初の二つは文法問題だが、三問目は、お題を決めた自由英作文である。お題は、例えば、「あなたの家族について紹介してください」であったり、「週末は何をして過ごしますか」であったり、「昨年あった、うれしかった思い出を書いてください」であったり、「あなたの未来のプランについて書いてください」であったり、さまざまであった。作文の中、私の人柄や価値観というものが次第に表れていく。手前みそながら、こうした書くことを通したコミュニケーションが、偶然始まったこの英語のレッスンを継続させたのだと思う。

しかし、先生は、そんなレッスンを続けながら、ある日、私が、英語を読んだり書いたりするより、聞いたり話したりすることが苦手であることに気が付いた。文法の学習が一通り済んだあと、初めて、フリートークのレッスンをすることとなった。英会話はほんとうに苦手だ。なかなか、思うところを即興で言い表すことは難しい。しかし、最近始まったこの先生とのフリートーク、お互いの価値観を伝えるという点では、表現力という制限はあっても、本当に楽しかったのである。

レッスンの回を重ねる間に、先生は、私が今は、衣料品店のバックヤード業務を行うパート社員として働いているが、昔は心理学を学んだ大学院生であったことを知っていた。

フリートークの初めに、先生は、私に何故、大学で学んだ専門と関係のない仕事をしているのか尋ねた。正直に、こころの病を病んで、心理学者になるのはあきらめたことを語った。そのことは、今までのコミュニケーションの中で、先生はうすうす知っていた。私は、だけど、自分の人生をあきらめなかったことを話した。五年間、清掃の仕事をしながら、自分のこころも洗い整えたことを話した。気持ちを過去から未来へと切り替えたことも大切だったことを話した。そして、今の職場でも、仕事は充実しており、余暇には時々旅もでき、それから、趣味にも打ち込んでおり、人生に満足していることを語った。それから、未来の夢も。

私も、先生に将来の夢を尋ねた。先生の夢は、バングラデシュの田舎に貧しい人々のための病院、それが無理なら小さな診療所をつくることだという。医師である先生らしい夢だ。しかし、先生は、もう一つ大きな夢があるという。それは、ご自分の息子さんを、立派な人間に育て上げることだという。立派な人間とは、正直で誠実であるということだそうだ。すべての親は、子どもを育て上げることで、未来の社会に対する責任があるということも話した。これは、身の回りの小さな仕事に思えるが、とても大切な仕事であると語った。

話は、子育て問題から、社会で子どもや老人の面倒を見るシステムの話に移った。先生は、日本の保育園制度は充実していると思うと言った。日本の保育園はどこもサービスのレベルに差が少なく、また収入に応じて利用でき、良いシステムであると先生は語った。残念ながら、バングラデシュでは、良いサービスは、一部の富裕層しか利用できないという現実があるらしい。老人のデイケアについてもそうだ。老人問題は難しい。しかし、私たちもいずれ年を取る。それに、年老いた親も、昔は、私たちを慈しむやさしい存在だった。それを思い出せば、いろいろなことができなくなっても、見捨てるわけにはいかないのではないか。そういう意味でも、デイケア施設は充実しているのがいい。だけど、なかなかそれは難しい。そんな話もした。

だけど、あなたの夢は、とても大きいのではないか。私は、尋ねた。彼女は答えた。もちろん、だけど、初めは小さなことでいい。社会貢献といっても、身の回りのできることから始めればいい。例えば、あなたの場合。これから、お母さんが年を取っていく。あなたはお母さんの世話をするだろう。それは、身近だけれども、とても大きな社会貢献。社会貢献といっても、各人の能力に応じて、その範囲で行なえばいい。

小さな一歩でも、始めるということが大事。それと同じく、それを継続することもまた大事。

正直、私の英語は流暢《りゅうちょう》とはほど遠く、また難しい言い回しは使いこなせない。話は、必然的にシンプルになる。でも、シンプルであるとは、いいことだ。ことばの背後にある私たちの価値観を、シンプルに取り出してみることができるからだ。

私は、彼女と話しながら、自然にこんなことばを発していた。

"First step is important. And if we will be able to continue it, gradually it will be a big work."

「最初の一歩が大切なんです。そして、もしそれを続けることができたら、それは徐々に大きい仕事になります」

"First step is important, and continuing is important too."

「最初の一歩が大事。続けることも大事」

"In my opinion,"

「私の意見ではね」

“It's my opinion too.”

「私の意見もそうです」

私は、いつの間にか、会話の中でも大切な点を先生となぞっていた。

そんな会話をしながら、私はうれしかった。表現は下手かもしれない。でも、私たちは、今、お互いの価値観について話し合っていたのだから。

なんのために、異なることばを学ぶのか。各人にとっていろいろな理由があるであろう。でも、私にとってそれは、何より、ことばを異にするひとびとと親しくなるためにあるのだと思う。そのためには、相手に対する礼節のこころを伝えなければならない。そして、ことばや文化が異なっても共有できる、または尊敬できる価値観を伝える必要がある。

礼節を伝えることば、価値観を伝えることば。ことばとは、そういったものでありたいと私は思う。「外国語とは、流暢であるよりも、それで何を言うかが重要だ」。昔どこかで見聞きしたことばを思い出す。つまり、何を伝えるかである。

先生とのフリートークのレッスンが始まってしばらくして、私は、職場で入社して間もないペルー人の同僚と組んで仕事をした。彼女は既に三十代。まだ日本に来てそうは長くないと聞いた。私には、ペルー人の同僚は五人ほどいるが、彼女はいちばん遅くから日本語を覚えたくちだ。三十代での異言語学習は難しいであろう。コンビを組んで、私がお店の倉庫内での商品の整理の仕方を教えるのであるが、正直ところどころ日本語が通じないときや、間違って伝わることがある。何度か、同じ内容を別の日本語表現で言い直したり、それに動作を付けて表現したりした。

また、彼女の日本語は、丁寧な言い方を使いこなせるレベルにはもちろん達していない。例えば、こんなことがあった。出勤してきた彼女に、雑談で、

「ああ、そういえば、サイズシール届いたよ」

そう、声をかけた。彼女は、よく服にサイズシールを張る仕事をしていた。そのサイズシールの在庫が切れていて、それが新しく入ってきたということを、あいさつの延長ぐらいの軽い気持ちで喋った。ところが、彼女には、この発言が理

解できなかったのだ。しかも、彼女は、言葉が分からないと、考え込んで黙り込むタイプだった。実は、そんなところは私と同じだ。しばらくして、彼女は硬い顔をして、

「今、何て言った?」

と言った。私は、彼女に、何か失礼なことを言ってしまったのだろうかと一瞬思った。もう一回、言った内容を説明し、この前、サイズシールを探していたから、そのことを言ったと伝えた。彼女は、分かってほっとしたようだった。ことばの齟齬《そご》があったのだ。彼女は、何か、私の言ったことが気に障ったのでなく、純粋に言った内容がなんであるか確認したかったのだ。確かに、彼女の聞きたいことを聞くには、「今、何て言った?」は文法的には間違っていない。しかし、もし彼女がこう言ったら、お互い、えっという硬い顔をしなくてよかっただろう。

「ごめん。今、何て言ったの? もう一回言って」

もしくは、もし、上司に言うなら、もう少し丁寧に、

「すいません。今、何と言いましたか? もう一回言ってください」

ニュアンスの問題もあるが、これならば、言ったことが気に障ったのではなく、言った内容が十分に理解できなかったことが分かると思う。しかし、丁寧表現は難しい。日本語学習歴の浅い彼女の日本語は、時に無作法に聞こえる。しかし、私も自分の英語を振り返ると、あまり彼女のことは言えない。

とにかく、お互い、通じることばのレベルがこうならば、丁寧語ができないというわべで判断しないこと。私も、何度か表現を変えながら、彼女と、この日の仕事を一緒に行った。仕事も終盤に近づいてくると、お互いに慣れ、雑談も出てきた。子どものいない彼女は、甥や姪に洋服を買ってあげたい、と言いたい。


「ねえ、nieceはメイでいい？」

「うん、いいよ」

「じゃあ、nephewは？」

「甥」

「オイ？」

「甥」

「オイ」

「メイとオイに服を買いたい」

「姪御さんはいくつ？」

そう聞こうと思い、はっと思う。彼女に果たして、メイ、オイの丁寧形は伝わるだろうか。

「メイはいくつ？　オイはいくつ？」

そう言い直してみる。そうはいっても、日本語ネーティブ・スピーカーの私は、すぐに、オイ、メイを、甥っこ、姪っこなどと言ってしまう。もちろん、私は異国で一生懸命働く彼女には、私なりの礼節の気持ちは伝えたい。しかし、こんな場合、あえて丁寧語を使うより、まず、内容を伝えることを優先した方がよいだろうか。私のことばの試行錯誤は続く。彼女との雑談は、少し弾んできた。そして、仕事を終えるとき、彼女は私に言った。

「ありがとう」

と。私は、根気よく私のへたくそな英語に付き合ってくれる、私の英語の先生に感謝する。それがあるから、私は、この日本語勉強真っ最中のペルーからの同僚に根気よく付き合えるのだ。彼女の「ありがとう」はうれしかった。私の彼女への礼節の気持ち、それから、同僚に対して、国籍や母語が異なるとしても、信頼される人でありたいという私の価値観は伝わったのだ、と感じることができたのだから。

ことばによって伝えたいもの。それは、月並みかもしれないが、何より礼節のこころでありたいと思うし、また、ことばを異にする人とも共有できる、または異なっていても、お互いに尊敬できる価値観でありたいと思うのだ。

私の英語の先生は、この十月にバングラデシュに帰国する。無事、留学期間が終わったのだ。昨年の十一月から始まった私たちの英語のレッスンはつかの間だった。しかし、彼女から学んだものは大きかったと思う。私は、いつか、バングラデシュの田舎で、医師として奮闘する彼女の姿を想像する。

ことばを学ぶことはこれからも続けたいと思う。それは、ことばを覚えるということが、ことばを異にする人々との間に、やはり、何らかの通路を開くからだ。

私の英語の先生は、レッスンが始まったころ、こう言った。日本とバングラデシュ双方の文化は、あなたと私が会話することのなかに、自ずから表れてくる、と。

先生とのレッスンも終盤に近づいた今、私は改めて思うのだ。双方の文化には、実に共通点が多い。それは、私たちが普通に抱く他者への礼節の文化であり、素朴に社会貢献をしたいと考える文化であり、また、互いに誠実で信頼できる人でありたいと考える文化である。私たちの文化は多くの価値観を共有しているのだ。そして、それは、何も日本とバングラデシュだけではない。ペルーからの同僚との会話の中にも、もちろん共有できる価値観は見いだせる。まずは、小さな一歩からでいい。ことばを異にする人との間にも、ことばを学ぶことで、こころが通じる小路を開いていくこと。それを、私は大切にしたいのだ。

二〇一五年九月

「ラ・マンチャの男」を見て

ミュージカルを見に行くのは無類の楽しみの一つである。私にとって遊ぶことは一つのレジスタンス。こころ病んでからの私は、遊びを通して気分転換をすることを非常に大切にしている。そして、それを通して、根を詰めないように気を付けているのだ。だから、だれが何と言おうが、私の遊びは、私を捉えたこころの病に対する、一つのレジスタンスなのである。

それでも、初めて、ミュージカルを見に行ったのは、こころの病を病んでからだいぶ経った頃。四、五年前になるだろうか、アクトシティ浜松大ホールに、劇団四季の「ジーザス・クライスト＝スーパースター」ジャポネスク・バージョンがやってきた。名前だけは知っていた有名なロック・ミュージカル。深夜に開けたパソコンで、浜松の娯楽情報を検索していた時、偶然見つけたものであった。「遊びたい」と、自発的に思えるようになったのはそのころからだろうか。そして、母を誘って、思い切って初めてミュージカルを見に行くことを決めたのであった。

そして、このとき見た「ジーザス・クライスト＝スーパースター」は期待を裏切らないものであった。いや、むしろ、期待以上であったといっていい。無名の俳優だが、ジーザス役の彼の声は、力強く観客のこころを捉えた。このミュージカルを見た帰り、私は母と二人でビールを一杯飲んだ。それからである。ミュージカルを見るというのが二人の共通の趣味になったのは。実を言うと、このとき観劇に誘った私より、母の方がこのミュージカルにはまった。私の病に困惑していた母が笑顔を取り戻したのはこのころであったと思う。

それから、私たちは、しばしば二人でミュージカルを見に行くことになった。ミュージカルの鑑賞は私たち二人の共通の趣味となった。そして、見た演目も、「レ・ミゼラブル」「ウエストサイド物語」「屋根の上のヴァイオリン弾き」と徐々に増えていった。そして、ミュージカルについて話すことで、私たちの関係も、深刻なものから、少しずつ楽しいものへと変化していったように思う。

そして、これらミュージカルの中でも、昨年の夏に見た、松本幸四郎（当時、現二代目松本白鸚《はくおう》）による「ラ・マンチャの男」は格別のものであった。場所は、東京帝国劇場。私は、往復六千五百円の高速バスのチケットを取り、四千円のB席を押さえた。約一万円と少しの一日小旅行。朝七時に浜松を発ち、お昼頃東京に着いた。バスから地下鉄に乗り継いで、劇場に着く。そして、劇場客席に入ってみると、席はB席で舞台よりの距離は遠いが、列はほぼ真ん中あたり。良い席だ。母と私は、少しずつ暗くなる劇場の明かりに、開演を楽しみにした。

では、何故私は、「ラ・マンチャの男」を見てみたいと思ったのか。このミュージカルは、セルバンテスによる小説『ドン・キホーテ』を下敷きにしている。スペイン語圏の文学において、もっとも権威ある賞のひとつはセルバンテスの名を冠している。スペイン語圏の文学が好きな私は、ある時、その歴史において確たる地位を築いている『ドン・キホーテ』を読んでみたくなり、読んだ。しかし、『ドン・キホーテ』は長大な小説である。私が読んだ『ドン・キホーテ』は、翻訳で、前篇、後篇合わせて一千ページ以上あった。しかし、その一千ページを読み通しても、私は『ドン・キホーテ』が何故ゆえ、ここまで高い評価を得ているのか、わからなかった。セルバンテスの『ドン・キホーテ』は、しばしば風刺の効いた滑稽小説といわれる。確かに、小説の中で「ドン・キホーテ」は、常軌を逸した滑稽な行動と発言を繰り返していた。『ドン・キホーテ』は、ヨーロッパに騎士がいた時代の騎士道物語、それのパロディとも言われる。しかし、その時の私はセルバンテスが、そういった表現を用いてまで訴えたかったことがわからなかった。そして、私は、『ドン・キホーテ』が十分に理解できなかったことを悔しいと思った。

しかし、その『ドン・キホーテ』がミュージカルになっている。もう一度、セルバンテスが何を訴えたかったのか知りたい。そういう思いで、私はこの度、「ラ・マンチャの男」を見に行ったのであった。

さて、そういう思いで、私は「ラ・マンチャの男」の観客になって、今、観客席に座っている。幕が開き、場面はミゲル・セルバンテスが放り込まれた牢獄のシーンから始まった。牢名主は、セルバンテスこと松本幸四郎が演じる男に声をかける。

「おまえさんは、なんでこんなところにやってきたのか」

セルバンテスは答える。

「それより、私の書いたものを見てほしい。芝居だ」

牢名主は、しぶしぶ許可をする。すると、セルバンテスは鎧《よろい》をまとい、兜《かぶと》をかぶり、口上を述べる。

「我こそは、遍歴の騎士、ドン・キホーテ・デ・ラ・マンチャ」

台詞《せりふ》を述べながら立ち上がる幸四郎。観客席からは、待っていましたとばかりに歓声が上がる。そして、舞台の上では、「ドン・キホーテ」の遍歴の旅が始まった。風車を巨人とみなす。洗面ダライをマンブリーノの兜、つまり由緒ある兜とみなす。安宿を城とみなす。そして、正義の騎士を必要とする人々のために戦うのだ。しかし、その戦いは歓迎されない。滑稽と思われるだけである。そして、「ドン・キホーテ」は、つぎつぎとその戦いに負けていくのだ。一見、この劇には救いがないように見える。

しかし、劇が進んでいくうちに、私は、ある印象的な場面に出会った。それは、狂った騎士の「ドン・キホーテ」が、あばずれ娘アルドンサに騎士道的プラトニック・ラブをささげるくだりだ。初めは、あばずれ娘アルドンサは「ドン・キホーテ」を狂人と思う。そして拒絶する。しかし、「ドン・キホーテ」はアルドンサをたぐいまれな貴婦人として遇することをやめない。彼は、アルドンサを一生の「想い姫」と崇拝するのだ。アルドンサは歌う。

「なぜ、あんたは私を想うのか。私に夢を見せるのか」

半信半疑のアルドンサ。しかし、「ドン・キホーテ」の変わらぬ想いは、アルドンサの中のなにか純粋さを目覚めさせるのである。「ドン・キホーテ」の夢が現実を動かした一瞬である。私は、ここに至って、この「ラ・マンチャの男」のテーマが夢と現実との複雑な葛藤にあるのだと気付いた。「ドン・キホーテ」は一瞬、狂人に見える。しかし、では、いったい狂気とは何だろうか。実際、夢が現実に負ければ、それは滑稽である。また、時には、人はかなわぬ夢を語り、かなわぬ夢で現実を突き抜けようとする。それが挫折すれば、そこから狂気は簡単に生まれてくるであろう。しかし、もしもその夢がかなったときは、それは狂気ではない。アルドンサの中に、やさしさや希望を目覚めさせたその時、「ドン・キホーテ」は狂人ではなかったのだと、私は思う。

夢を見ることもレジスタンスである。かなわぬ夢は滑稽かもしれない。しかし、そうであっても、滑稽さの中に生きるとしても、それは、レジスタンスである。

では、何故『ドン・キホーテ』を書いたセルバンテスは投獄されたのであろうか。それは、セルバンテス自身が『ドン・キホーテ』を描くことによって、夢を見た。そして、夢がいまだに懐胎しない、現実の矛盾に対するレジスタンスを行ったからではないか。

江戸時代の黄表紙作家、山東京伝も、滑稽本の執筆という形をとって時の世にレジスタンスに打って出た。その結果、世の風紀を乱すと手鎖の刑を受けた。世の中を、一見見えない視点から見ること。それは矛盾ある世の中へのレジスタンスである。そして、現実に夢を描くこともまたレジスタンスであろう。

劇は進む。松本幸四郎演じるセルバンテスは、ついに自分の戯曲、「ドン・キホーテ」を上演し終わる。牢役人が呼ぶ。

「ミゲル・セルバンテース」

舞台中央の階段を上がって、セルバンテスは引き立てられていく。しかし、歌は続く。「ラ・マンチャの男」のナンバー、「見果てぬ夢」という歌だ。

夢は稔り難く
敵は数多《あまた》なりとも
胸に悲しみを秘めて
我は勇みて行かん

夢に向かうことの大切さを、失わない希望を歌う歌。

舞台は合唱のなかに閉じていった。

そして、東京からの帰りのバスの中で、母と私はたくさんしゃべった。実を言うと、私の家庭は一見幸せではないかもしれない。八年前に父が亡くなり、私はこころの病を抱え、母も決して強い人ではない。標準的な幸せな家庭とは言えないであろう。この現実をどうしようもならない現実として受け止めるとき、しかし、私は、それでも笑っていたいと思うのだ。ミュージカルを見に行くという、ほんのちょっとの遊び、楽しみが、私たち二人に笑顔をもたらすとしたら、それはともすると情けない現実に対する私たちなりのレジスタンスであるのだ。遊ぶことがレジスタンス。そう言い切ると、語弊があるかもしれないが、ままならない現実に向かうために遊ぶとき、やはりそれは私たちなりのレジスタンスであるのだ。遊ぶことと夢見ることはどこか似ている。その人の楽しみの中に夢は懐胎しているのだと思う。そうであるのなら、私は遊ぶこと、楽しむこと、夢見ることを大切に、生きていきたい。それが、葛藤は当然あるとしても、現実と付き合う最善の方法であると私は思うから。

そして、この年の秋、「ラ・マンチャの男」で「ドン・キホーテ」を演じた松本幸四郎は、文化功労者となった。その時の、彼の弁は、非常にこころに残るものであった。

「俳優の仕事は、苦難を勇気に、悲しみを希望に変えることである」

俳優の仕事だけでなく、市井の私たちの生活もそうあってほしいものだ。そして、それには、夢見ることへの私たちの強い意志が必要なのであろう。そして、それこそが現実をより実りあるものとしていく、と私は信じたい。

二〇一三年八月

異なること、同じなること

英語が話せなくて本当に悔しいと初めて思ったのは、あるイスラエル国籍の女性教授と話した時であった。失礼ながら、先生のお名前は失念している。しかし、その時、彼女と話したエピソードは、私の中に鮮明に残っている。

当時の私は、奈良市にある、ある大学の博士後期課程の大学院生であった。当時所属していた研究会のメーリングリストで、私は、京都大学でこの女性教授の講演会があることを知った。先生のご専門は、発達心理学と臨床心理学。特に、描画発達の研究がご専門とのことであった。メーリングリストでは、英文で彼女の研究と講演の概略が紹介されていた。子どもの描画発達はどのような道筋をたどって起こるのか。特に、人物描画の発達過程は。彼女は、子どもが一人で絵を描く場面と、他の子どもたちとコミュニケーションをとりながら絵を描く場合とでは、どのような差異が生まれるのかを研究しているとのことだった。英語が苦手だった私は、その研究概要を斜め読みした。当時の私の研究テーマは、子どもにおける自伝的記憶の発生のプロセス。子どもの描画発達は専門外だったが、自伝的記憶の発生におけるコミュニケーションの役割に注目していた私にとって、彼女の描画発達研究は魅力的に思えた。なぜなら、コミュニケーションは、描画発達においても、自伝的記憶の発達においても、それを外部から豊かにする最も大切な要因の一つと考えていたから。

しかし、英語の苦手だった私は、メーリングリストで回ってきた先生の研究概要を、あくまで斜め読みしただけだった。私は、コミュニケーション状況下で子どもが人物を描くと、どんな絵画が出来上がるのか、英文の内容とは異なるイメージを抱いてしまった。私は、素朴に考えた。もし、たくさんの人間が、ある一人の人物像を一緒に描こうとしたら、それは、例えば興福寺の阿修羅像のような絵になるのではないか。または、千手観音、十一面観音像のようなそれ。つまり、複数の手、複数の顔を持つような、多面的な人物像。私の脳裏には、実際、白い手、黒い手、黄色い手、赤い手、そして死人のような青い手までを持つ人物像が浮かんだ。もちろん、その人物像は、白い顔、黒い顔、黄色い顔、赤い顔、そして青い顔を持っている。表情も、笑み、微笑み、悲しみ、怒り、涙などさまざまだ。つまり、コミュニケーション状況下においては、さまざまな人種や民族、人間のさまざまな状態や感情の総体としての人物像が、描かれる可能性があるのではないかと、勝手に考えたのであった。

ところが、実際にこの先生の講演を聞いたところ、私のイメージは、覆された。もともと英文の研究概要を十分に読んでいなかったのだから、そうなっても当然ではあったのだが。しかし、このときの先生の研究内容は、私にとっては驚くべきものであった。先生の研究によると、子どもは発達するにしたがって、男女の違い、それから大人と子どもの違いなどを描き分けるようになる。特に、コミュニケーション状況下では、その描き分けはより明確になってくる。人間はそれぞれに「異なる」存在であることへの気付きが発達であると、このイスラエルの先生は考えているのだと、私は思った。阿修羅像のような多面的人物像を想像していた私には、大きなカルチャー・ショックであった。

「先生は何故、男女の、それから、大人と子どもの差異を描き分けることができるようになることを、発達ととらえるのですか。何故、そういう面に関心を持たれるのですか。しかし、私は、昨今の日本では、人間の共通属性自体が何であるかが、非常に分かりづらくなっているように思うのですが」

確かに、人はそれぞれ「異なる」かもしれない。それに気付くことは大きな発達のメルクマールだろう。しかし、人間の共通属性に気付くこともまた大きな発達のメルクマールなのではないか。英語力の低い私は、講演の終わった後、そっとノートに英文で書いてあった、先の質問をもって、思い切って先生に質問した。しかし、私の英語力があまりに低く、また、私の質問が非常に難しい哲学的な質問だったため、まったく通じなかった。しかし、幸いなことに、迎え入れ役を務めていた京都大学の先生が、私の質問を良い質問と判断し、このイスラエルの先生に、表現を変えて説明してくれた。その説明を聞くと、先生は、ぱっと私のほうに向き、英語で、こう言った。

「それは、大変興味深い質問です。それは、これからの比較文化心理学の重要な課題になると思います。私たちの国では、ヘブライ語を使いますが、家庭では、ロシア語を話す家もあるし、ドイツ語を話す家もあるし、またイディッシュ語を話す家もあります。いろいろな言語と文化の家庭があるのです。そして、私たちは、お互いに『異なること』を尊重しているのです」

講演会のはじめに、迎え入れ側の京都大学の先生から、このイスラエル国籍の先生の簡単な略歴の紹介があった。先生は、オーストリアの生まれ。おそらく母語はドイツ語であろうが、ユダヤ人である。第二次世界大戦のとき、ホロコーストから逃れるため、オーストリアを出た。そして、教育はイギリスで修めた。博士号はイギリスの大学から授与されている。しかし、現在はイスラエル国籍で、イスラエルに住み、イスラエルの大学で教えている。ユダヤ人であるために、迫害され、故国を逃れざるを得なかった先生にとって、民族や宗教の違いを、お互いに尊敬の念をもって認め合うことの重要性は、強調してもしすぎることはないであろう。その「異なること」を認め合い、尊敬しあう態度や認識の形成が発達であるという、先生の研究の基底に流れる考え方は十分に理解できるものであった。

この講演のあと、質問の良さを認められた私は、なんと幸運なことに、迎え入れ役の先生の研究室で行われたお茶会に招かれた。そこで、イスラエルの先生から、

「あなたは、どのような研究をされているのですか」

と尋ねられた。

"I study memory development."

「記憶発達の研究をしています」

博士後期課程の学生にしてはあまりに低い英語力の私には、そう答えるだけで精いっぱいであった。それでも、先生は、私に話しかけてくれた。

「幼少時の記憶の研究はとても大事です。私たち、ホロコーストを逃れたユダヤ人の中には、子どものころの記憶がないという人々がいるのです」

「異なる」宗教を信じていても、「異なる」民族であっても、その「異なること」

を認められなかった人々は、記憶さえをも失わざるを得ないというのは、本当に衝撃的な事実であった。

このイスラエル国籍の先生とのエピソードは、大学院時代終盤の本当に良い思い出である。しかし、実を言うと、私はこのころ、既に、論文の行き詰まりなどから、心身の調子を崩し始めていた。結局私は、この後、しばらくして、こころの病のため、研究をあきらめ帰郷した。英語の能力など、研究者になるには、実力不足もあっただろう。しかし、あの頃は、悔しかった。私の研究上の哲学が何の形になることもなかったのは、非常につらかった。

しかし、それ以上に、その時の私は、なんとかして新しい生活を培う努力をしなければいけない時期にあった。しかし、努力した時間は、別の形で報いられる。実家に戻って療養と再出発の努力を続けた私には、別の形で新しい出会いが生まれた。実家に戻ってからの私は、自宅療養ののち、できる範囲での仕事を見つけ、それを続ける努力をした。はじめは、清掃の仕事であった。五年ほどこれを続けたのち、ある外資系大手の衣料品店のバックヤードの仕事に転職した。ここで、私は、外国籍の友人を得るという幸運に恵まれたのである。

それは、同じお店でアルバイトをしていた、工学を学ぶバングラデシュからの留学生さんとその奥さんである。店のみんなに招待のかかっていた、彼らの息子さんの誕生日パーティーに出席したのが縁で、同じ女性である奥さんに、私の英語の先生をお願いしたのだ。私の英語コンプレックスを克服したくて。ちなみに、バングラデシュでは、大学教育、特に理科系の大学教育は、すべて英語で行われるそうで、彼らの英語はよく身になじんでいる。私の新しい英語の先生は、日本の医大に留学中の医師であった。

大学院を退学し、研究をあきらめた今でも、どこか知的な活動を求めていた私には、彼女との英語のレッスンは楽しかった。それ以上に、彼女との会話の中で起こる「異なる」文化との邂逅は魅力的だった。私は、彼女に、書初め、ひな祭り、端午の節句など、主に日本の家庭で行われる年中行事を紹介した。どれも彼女は知らなかったもので、

「大変興味深い」

と言われたのを覚えている。私も彼女を通して聞くバングラデシュの文化、イスラムの文化は興味深かった。「異なる」文化に触れるとは実に面白かった。

しかし、ある時、私と先生の会話が、宗教の話になったとき、私のある発言が、先生の猛反撃にあった。それは、

“I think that every religion has its own strong point.”

「私は、どの宗教もそれぞれの長所を持っていると思います」

そう、不用意に言った時であった。彼女は言った。

「それは、違う。それぞれの宗教が『異なる』長所を持つわけではない。すべての宗教は、基本的な価値観を共有している。人を傷つけてはいけないとか、弱い者には優しくすべきであるとか、すべての真の宗教は多くの共通の価値観を持っているのだ」

私は、「あっ」と思った。昔、イスラエルの先生にぶつけた私の同じ質問が、今、バングラデシュの英語の先生から逆に私に投げかけられたのだった。そう、民族や宗教が異なっていても「同じなること」という基礎がない限り、人は相互に理

解し得ないだろう。「異なる」ところがありながらも、「同じなること」がたくさんある。それが、人間というものであろうと、私は改めて気付いたのであった。

大方の日本人にとって、イスラム教はなじみの薄い宗教であると思う。しかし、私は、バングラデシュの私の英語の先生と話す度に思うのだ。イスラム教も多くの他の宗教と価値観を共有していると。例えば、ラマダンという風習は、非イスラム教徒から見ると、奇妙な風習に思えるが、非常に素朴な他者を思う気持ちに基づいているように、私は思う。先生は語る。

「ラマダンは重要な宗教行事である。夜明けから日没まで、私たちは一切の飲食を行わないが、それは、貧しくて食べられない人の気持ちを追体験するためである。もちろん、私たちは、貧しくはないわけだけれども、貧しい人の気持ちを理解するのはとても大切である。また、ラマダンの間には、断食以外にもう一つ重要なことがある。それは、収入に応じて、貧しい人々にお布施をすることである。これは、重要なイスラム教徒の義務である。しかし、そのお布施は、税金と同じように収入に応じての額でよい」

豊かなもの、貧しきものが分かち合うことの大切さを、ラマダンという風習は教えているのだろうか。そう、ラマダンの意味を説明されると、この風習がとても身近なものに思えてくる。また、先生は続ける。

「よく生きることも、どの宗教を問わず大切である。イスラム教では、現世で悪いことをすると、最後の審判が待っていて、天国にいけない。だから、私たちは、現世でよく生きることを大切に思う。仏教ではどうか」

「仏教でも、現世で悪いことをすると、次の世で、ハエだとかカだとか下等な生き物にしか生まれ変われない。仏教においても現世をよく生きることは大切だと思う」

私も説明する。「同じなること」を探しながら。

「異なること」、「同じなること」。それは、人間を理解するための方法の二つの道筋であると思う。しかし、これは、合わせ鏡のように密接に絡み合っているものではないか。時に、「異なること」を尊重しあうことも大切。一方で、一見「異なる」人々の間にも「同じなる」こころがある、ということを理解することもまた大切。それは、私が、日本語とは「異なる」英語という言語を使ってみたこと、そして学んでみたことから気付いた、とても大切なことである。英語で話す機会のあるなしだけではない。今、日本には多くの外国籍の隣人が暮らしている。そういった人々との間に良き関係を築くため、そして、ともに暮らしていくためには、「異なること」を尊重しあうこと、そして、そうではあっても、こころの深い部分で「同じなること」があることを、深くこころに留めておくべきではないだろうか。

二〇一六年十一月

あとがき

親愛なる読者の皆さん、こんにちは。

このエッセイ集は、浜松市にある小さな文芸サークル「夜明けの会」にて、いつも私におこころ配りいただいている皆さんに、私が元気である証をお届けしたい、という思いで書いてきたエッセイをまとめたものです。ですから、ここまでこのエッセイ集をお読みいただいた皆さんは、私の良き理解者であると思っています。

本文で触れましたが、こころの病に陥るということは、正直大変なことでした。よく希望を見失わずに、回復の道のりを歩んでこられたと思います。

今、改めて振り返ってみると、そこには、いくつかの希望のあかりが灯《とも》っていたように思います。例えば、食べる、寝るなど、地道な日常生活のやり直しが許されたことや、病前とは異なるけれども、楽しいと思える何か、生きがいを感じられる何かと出会えたことなどです。私は幸いにも、病後の人生の中でそういったもろもろの希望のあかりに出会うことができました。このエッセイ集は、その回復の道のりへの讃歌《さんか》であり、私から皆さんへの感謝のことばの花束でもあります。読者の皆さんにも、このエッセイ集に何らかの希望のあかりを感じていただけるならば、こんなにうれしいことはありません。

ところで、この希望のあかりは、いったいどこからもたらされたのでしょうか。私は、そのあかりの一つは、亡くなった私の父が灯してくれたのではないかと思います。父は、私がこころの病を病んで逃げ帰るように帰郷したとき、戸惑いながらも私を受け入れてくれました。それはどんなにありがたいことであったか。父とて、それは大きな負担であったと思います。しかし、父は病んだ私でさえも導き、支え続けてくれました。このエッセイ集に収めた数々の「思い出」深き、「幸い」深き出来事は、この父の導きと支えのもとにあります。

このエッセイ集をまとめるにあたっても、多くの方々の助けを得ました。あたたかい帯のことばをいただいた恩師の一人、立命館大学の森岡正芳先生、私の文筆活動を育んでくれた「夜明けの会」の皆さん、初めての本づくりでお世話になったラグーナ出版の川畑善博社長はじめ、スタッフの皆さん、それから、黒子のように目立たないけれども、日々こころの健康を支えてくださる医療、福祉スタッフの皆さん、エッセイの中に登場する、私に良い出会いを与えてくれた皆さん、そして、五月に逝った祖母と私の家族に、こころより感謝します。

この本は、私のこれまでの人生を導き、支えてくれたすべての皆さんへの感謝状です。

二〇二一年十月吉日　遠藤ゆき

※表紙の絵は、筆者が小学生の頃に大切にしていた猫の絵はがきを模写したものです。絵はがきはいつの間にか紛失してしまいましたが、絵の作者をご存じの方がおられたら、ご一報いただけると幸いです。

※本書におさめた作品は、「夜明けの会」の文芸誌「夜明け」二十七号（二〇一四年四月）から二十九号(二〇一八年五月)に掲載されたものです。また、今回二作の書き下ろしを加えました。

本書で紹介した書籍一覧（登場順）

◆父の思い出

『小天使ブリュッセルをゆく…』
ガブリエル・バンサン著／今江祥智訳　BL出版　二〇〇六年

「人魚姫」「野の白鳥」「小さいイーダの花」
『完訳アンデルセン童話集一』に収録
ハンス・クリスチャン・アンデルセン著／大畑末吉訳　岩波書店　一九八四年

『光は悲しみをこえて　キュリー夫人』
エレノア＝ドーリー著／榊原晃三訳　学習研究社　一九七二年

『大草原の小さな家』
ローラ・インガルス・ワイルダー著／ガース・ウィリアムズ画／恩地三保子訳　福音館書店　一九七二年

『大きな森の小さな家』
ローラ・インガルス・ワイルダー著／ガース・ウィリアムズ画／恩地三保子訳　福音館書店　一九七二年

『プラム・クリークの土手で』
ローラ・インガルス・ワイルダー著／ガース・ウィリアムズ画／恩地三保子訳　福音館書店　一九七三年

『シルバー・レイクの岸辺で』
ローラ・インガルス・ワイルダー著／ガース・ウィリアムズ画／恩地三保子訳　福音館書店　一九七三年

『中国近世の霊魂泥棒』
フィリップ・A・キューン著／谷井俊仁・谷井陽子訳　平凡社　一九九六年

◆祖母には「野の草花」を

『野の草花』
文・古矢一穂／絵・高森登志夫　福音館書店　一九八二年

◆「ラ・マンチャの男」を見て

『ドン・キホーテ　全四巻』
セルバンテス／荻内勝之訳／堀越千秋絵　新潮社　二〇〇五年

■著者略歴

遠藤ゆき（えんどう・ゆき）

平成10年、立命館大学大学院文学研究科心理学専攻修了。詩及び物語理解の認知メカニズムを研究。文学修士。平成11～18年、奈良女子大学大学院人間文化研究科で、人生の物語として自伝的記憶の発達過程を研究。同大学院在学中にこころの病を病む。退学後、当事者として日常を生きる。平成25年より趣味として文筆活動を始め、浜松市を拠点に活動する、文芸サークル「夜明けの会」の文芸誌「夜明け」に寄稿。尊敬する人は、女優サヘル・ローズの母親、フローラ・ジャスミン氏。

恋するこころ、旅するこころ

二〇二二年一月四日　第一刷発行

著　者　遠藤ゆき
発行者　川畑善博
発行所　株式会社 ラグーナ出版
〒八九二－〇八四七
鹿児島市西千石町三－二六－三F
電　話　〇九九－二一九－九七五〇
FAX　〇九九－二一九－九七〇一
URL https://lagunapublishing.co.jp
e-mail info@lagunapublishing.co.jp

装丁　栫　陽子
印刷・製本　創文社印刷
定価はカバーに表示しています
乱丁・落丁はお取り替えします
ISBN978-4-910372-15-0 C0195